EU SOU A LENDA

EU SOU A LENDA

TÍTULO ORIGINAL:
I Am Legend

COPIDESQUE:
Luara França
Mateus Duque Erthal

REVISÃO:
Isabela Talarico
Luciane H. Gomide

CAPA:
Butcher Billy

MONTAGEM DE CAPA:
Pedro Fracchetta

PROJETO GRÁFICO:
Giovanna Cianelli

DIAGRAMAÇÃO:
Desenho Editorial

DIREÇÃO EXECUTIVA:
Betty Fromer

DIREÇÃO EDITORIAL:
Adriano Fromer Piazzi

DIREÇÃO DE CONTEÚDO:
Luciana Fracchetta

EDITORIAL:
Daniel Lameira
Tiago Lyra
Andréa Bergamaschi
Débora Dutra Vieira
Luiza Araujo

COMUNICAÇÃO:
Fernando Barone
Nathália Bergocce
Júlia Forbes

COMERCIAL:
Giovani das Graças
Lidiana Pessoa
Roberta Saraiva
Gustavo Mendonça

FINANCEIRO:
Roberta Martins
Sandro Hannes

DADOS INTERNACIONAIS DE CATALOGAÇÃO NA PUBLICAÇÃO (CIP) – DE ACORDO COM ISBD

M427e   Matheson, Richard
Eu sou a lenda / Richard Matheson ; traduzido por Delfin. 2. ed. - São Paulo, SP : Editora Aleph, 2021. 296 p. : il. ; 14cm x 21cm.

Tradução de: I am legend
ISBN: 978-65-86064-23-0

1. Literatura americana. 2. Ficção científica. I. Delfin. II. Título.

2020-2720   CDD 813.0876
                    CDU 821.111(73)-3

Elaborado por Odilio Hilario Moreira Junior - CRB-8/9949
ÍNDICE PARA CATÁLOGO SISTEMÁTICO:
1. Literatura americana : ficção científica 813.0876
2. Literatura americana : ficção científica 821.111(73)-3

COPYRIGHT © RICHARD MATHESON, 1954
COPYRIGHT RENOVADO, 1982
COPYRIGHT © EDITORA ALEPH, 2015
(EDIÇÃO EM LÍNGUA PORTUGUESA PARA O BRASIL)

TODOS OS DIREITOS RESERVADOS. PROIBIDA A REPRODUÇÃO, NO TODO OU EM PARTE, ATRAVÉS DE QUAISQUER MEIOS SEM A DEVIDA AUTORIZAÇÃO.

CLASEN, MATHIAS. "VAMPIRE APOCALYPSE: A BIOCULTURAL CRITIQUE OF RICHARD MATHESON'S *I AM LEGEND*." *PHILOSOPHY AND LITERATURE* 34:2 (2010), 313-328. © 2010 THE JOHNS HOPKINS UNIVERSITY PRESS. TRANSLATED AND REPRINTED WITH PERMISSION OF JOHNS HOPKINS UNIVERSITY PRESS.

EDITORA ALEPH
Rua Tabapuã, 81, cj. 134
04533-010 – São Paulo – SP – Brasil
Tel.: [55 11] 3743-3202
www.editoraaleph.com.br

RICHARD MATHESON

EU SOU A LENDA

TRADUÇÃO:
DELFIN

ALEPH

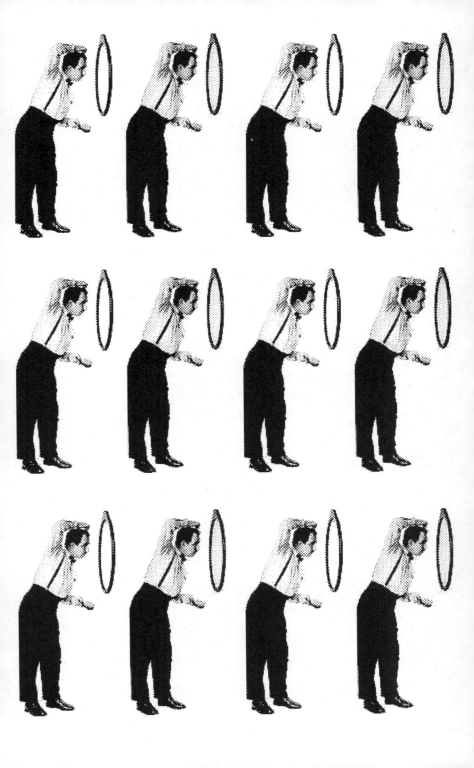

Para Henry Kuttner,
meus agradecimentos mais sinceros pela
ajuda e encorajamento na
escrita deste livro.

EU SOU A LENDA

RICHARD MATHESON A. 1954

PREFÁCIO 11
por Stephen King

PARTE I – JANEIRO DE 1976 15
PARTE II – MARÇO DE 1976 73
PARTE III – JUNHO DE 1978 179
PARTE IV – JANEIRO DE 1979 239

APOCALIPSE VAMPIRO: UMA CRÍTICA
BIOCULTURAL DE *EU SOU A LENDA* 262
por Mathias Clasen

UMA CONVERSA COM RICHARD
MATHESON, AUTOR DE *EU SOU A LENDA* 291

PREFÁCIO
por
STEPHEN KING

Dizer que Richard Matheson inventou as histórias de horror seria tão ridículo quanto dizer que Elvis Presley inventou o rock and roll – os puristas argumentariam: e quanto a Chuck Berry, Little Richard, Stick McGhee, The Robins e vários outros?

O mesmo vale para o horror, que é o equivalente literário do rock and roll: um golpe na cabeça que desperta seus nervos em uma agonia prazerosa. Dezenas de outros autores vieram antes de Matheson, desde o autor de *Grendel* até Mary Shelley, Horace Walpole, Edgar Allan Poe, Bram Stoker, H.P. Lovecraft...

Mas, assim como o rock and roll, ou qualquer outro gênero que mexa com nossos nervos, o horror precisa se renovar e se reinventar constantemente para não perecer.

No começo dos anos 1950, quando a revista *Weird Tales* já agonizava, Robert Bloch, grande escritor de horror da época, havia migrado para contos psicológicos (também nessa época, Fritz Leiber, um escritor facilmente comparável a Bloch, estava sumido) e o horror como gênero definhava na mesmice, Richard Matheson surgiu, como um verdadeiro trovão.

Sozinho, ele revitalizou um gênero estagnado, rejeitando as convenções estabelecidas pelos já moribundos *pulps*, incorporando a seu trabalho impulsos e imagens sexuais – assim como Theodore Sturgeon havia começado a fazer na ficção científica – e escrevendo uma série de histórias extremamente envolventes que eram como clarões de raios.

O que eu lembro dessas histórias?

Lembro aquilo que elas me ensinaram, a mesma coisa sobre a qual o mais recente remodelador do rock, Bruce Springsteen, fala em uma de suas músicas: *No retreat, baby, no surrender* [nada de recuar, baby, nada de se render]. Lembro que Matheson nunca recuava. Quando você pensava que *tinha* de acabar, que seus nervos não aguentariam mais, era justamente aí que Matheson ligava o turbo e seguia a toda velocidade. Ele não desistia. Ele era implacável. Não havia as entonações barrocas de Lovecraft, a prosa extravagante dos *pulps* e as insinuações sexuais. Você se deparava com tamanha intensidade que somente releituras poderiam mostrar a sagacidade, a inteligência e o controle de Matheson.

Quando as pessoas falam sobre o gênero horror, acredito que mencionem primeiro o meu nome; mas, sem Richard Matheson, eu não estaria aqui. Ele é tanto meu pai quanto Bessie Smith é a mãe de Elvis Presley. Ele apareceu quando se precisava dele, e suas histórias contêm todo o apelo hipnótico da originalidade.

Esteja avisado: você está nas mãos de um escritor que não concede ou pede clemência. Ele vai exauri-lo... E, quando você fechar este livro, ele vai entregar-lhe um dos maiores presentes que um escritor pode dar: ele vai deixar você querendo mais.

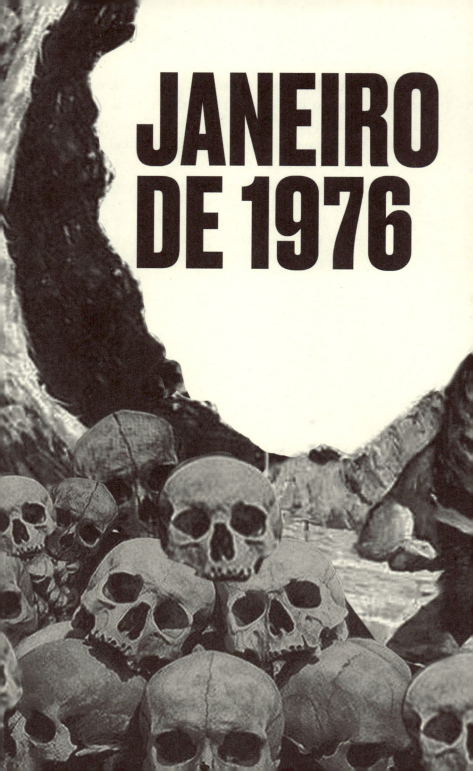
JANEIRO DE 1976

PARTE I

1

Nesses dias nublados, Robert Neville nunca sabia ao certo quando viria o pôr do sol e, às vezes, eles já estavam nas ruas antes que ele pudesse voltar.

Se tivesse analisado a situação com mais prudência, poderia ter calculado aproximadamente quando eles chegariam; mas ele ainda se valia do antigo hábito de determinar o anoitecer pelo céu e, em dias nublados, esse método não funcionava. Era por isso que preferia ficar perto de casa em dias assim.

Ele andou em torno da casa na tarde cinzenta e carregada, com um cigarro pendendo no canto da boca, deixando um rastro fino de fumaça sobre o ombro.

Verificou cada janela, a fim de ver se alguma das tábuas havia se soltado. Depois de ataques violentos, as placas de madeira acabavam quase sempre rachadas ou meio frouxas, e ele tinha de trocar tudo; era um trabalho que odiava. Hoje, apenas uma placa estava solta. Não é incrível?, ele pensou.

Neville conferiu a estufa e a caixa-d'água no quintal. Às vezes, a estrutura em torno da caixa cedia ou os coletores de chuva ficavam tortos e se quebravam. Às vezes, eles jogavam pedras sobre a cerca alta em torno da estufa e, ocasionalmente, elas rasgavam a rede suspensa e ele tinha que trocar as vidraças.

Tanto a caixa-d'água quanto a estufa estavam intactas hoje.

Ele foi para casa buscar martelo e pregos. Assim que empurrou a porta da rua, olhou para o reflexo distorcido de si mesmo no espelho rachado que tinha afixado à porta havia um mês. Em poucos dias, pedaços irregulares do vidro com verso prateado começariam a cair. Deixe eles caírem, pensou. Era a última droga de espelho que colocaria lá; não valia a pena. Em vez disso, penduraria alho ali. Alho sempre funcionava.

Ele passou vagarosamente pelo silêncio sombrio da sala de estar, virou à esquerda pelo pequeno corredor e de novo à esquerda, até seu quarto.

Antigamente, o lugar costumava ser muito bem decorado e acolhedor, mas isso fora em outro tempo. Agora, era um quarto totalmente funcional e, já que a cama e a cômoda de Neville ocupavam tão pouco espaço, ele transformara um dos lados do aposento em uma oficina.

Uma mesa de trabalho comprida ocupava quase uma parede inteira. Em seu tampo de madeira de lei havia uma pesada serra de fita, um torno para madeira, um esmeril e uma viseira. Acima dela, na parede, prateleiras com ferramentas aleatórias, usadas por Robert Neville.

Ele pegou um martelo sobre a mesa e alguns pregos de uma de suas caixas bagunçadas. Então, saiu de novo e pregou a tábua rapidamente à veneziana. Jogou os pregos não utilizados junto à porta, no cascalho.

Ficou no gramado da frente por algum tempo, olhando de cima a baixo a silenciosa extensão da rua Cimarron. Era um homem alto, com seus trinta e seis anos, nascido em uma família anglo-germânica. Tinha feições comuns, à exceção de sua boca, longa e determinada, e do azul brilhante de seus olhos, que agora percorriam as ruínas carbonizadas das residências vizinhas à sua. Ele as havia incendiado, como forma de impedir que *eles* saltassem dessas casas para seu telhado.

Depois de alguns minutos, deu um suspiro lento e demorado e voltou para dentro de casa. Jogou o martelo de qualquer jeito no sofá da sala, então acendeu outro cigarro e tomou seu drinque do meio da manhã.

Em seguida, forçou-se a ir até a cozinha para triturar os cinco dias de lixo acumulados na pia. Sabia que deveria queimar os pratos de papel e também os utensílios, espanar os móveis e lavar a pia, a banheira e o banheiro, além de trocar os lençóis de sua cama e a fronha do travesseiro, mas não queria fazer nada disso.

Pois ele era apenas um homem, estava sozinho, e essas coisas não tinham importância para ele.

•

Era quase meio-dia. Robert Neville estava em sua estufa, colhendo um cesto cheio de alho.

No começo, cheirar alho em tamanha quantidade o deixava tão nauseado que seu estômago ficava em um estado de indisposição constante. Agora, o cheiro estava em sua casa e em suas roupas e, às vezes, parecia estar até mesmo em sua carne.

Ele mal se dava conta.

Quando tinha cabeças de alho suficientes, voltava para a casa e as despejava no escorredor da pia. Ao dar uma batidinha no interruptor na parede, a luz tremeluzia e depois finalmente acendia com seu brilho normal. Um assobio desagradável passou por seus dentes cerrados. O gerador já era, de novo. Ele teria que pegar aquele maldito manual mais uma vez e conferir a fiação. Se fosse dar muito trabalho para consertar, ele teria que instalar um gerador novo.

Cheio de raiva, empurrou o banquinho alto em direção à pia, pegou uma faca e sentou-se, resmungando de exaustão.

Primeiro, separou as cabeças em pequenos dentes em formato de foice. Então, cortou cada dente rosado e coriáceo ao meio, expondo seus botões centrais vistosos. O ar engrossou com o odor almiscarado e pungente do alho. Quando o cheiro se tornou sufocante demais, ele ligou o ar-condicionado e a sucção afastou o pior.

Então, ele se esticou e pegou um furador de gelo da prateleira. Fez buracos em cada metade de dente e juntou cada uma delas em cordões de arame, até que tivesse cerca de vinte e cinco colares.

No começo, pendurava esses colares sobre as janelas. Mas mesmo de longe eles continuavam jogando pedras, até que ele acabou sendo forçado a cobrir as janelas quebradas com pedaços de compensado. Um dia, finalmente, ele arrancou os compensados e pregou fileiras de tábuas no lugar. Isso fez da casa um túmulo triste, mas era melhor que ter pedras voando pelos cômodos, em uma chuva de vidro estilhaçado. Além disso, depois que ele instalara três aparelhos de ar-condicionado, não era tão ruim. Um homem pode se acostumar com qualquer coisa, se for obrigado a isso.

Quando acabou de fazer os colares de alho, foi para fora e os pregou sobre a guarnição da janela, tirando os cordões velhos que já tinham perdido a potência de seu odor.

Ele tinha de fazer isso duas vezes por semana. Até encontrar algo melhor, essa era sua primeira linha de defesa.

Defesa?, ele pensava com frequência. Contra o quê?

Toda tarde ele fazia estacas.

Ele as torneava a partir de bastões grossos de madeira, até que ficassem com cerca de vinte centímetros de comprimento. Elas eram mantidas contra a pedra do esmeril até ficarem afiadas como punhais.

Era um trabalho cansativo, monótono e que preenchia o ar com a serragem de cheiro quente que se fixava em seus poros, chegava a seus pulmões e o fazia tossir.

Ele também nunca conseguia adiantar o trabalho. Não importava quantas estacas fizesse, elas sempre iam embora rapidamente. Os bastões também estavam ficando difíceis de encontrar. Uma hora ele teria de tornear pedaços retangulares de madeira. *Isso* iria ser divertido, pensou, irritado.

Tudo isso era muito desanimador e o fez procurar um jeito melhor de se organizar. Mas como faria isso se eles nunca davam uma chance para que ele pudesse ir mais devagar e pensar?

Enquanto trabalhava nas estacas, ouvia discos no alto-falante que instalara no quarto: a Terceira, a Sétima e a Nona sinfonias de Beethoven. Estava contente por ter aprendido cedo na vida, graças a sua mãe, a apreciar esse tipo de música. Ela ajudava a preencher o terrível vazio das horas.

A partir das quatro da tarde, seu olhar ia para o relógio na parede e voltava de lá o tempo todo. Ele trabalhava em silêncio, com os lábios pressionados em uma linha rígida, um cigarro no canto da boca e os olhos fixos nas partículas que voavam enquanto ele corroía a madeira e o pó enfarinhado descia até o piso.

Quatro e quinze. Quatro e meia. Eram quinze para as cinco.

Em mais uma hora eles estariam na casa de novo, esses canalhas imundos. Assim que a luz tivesse ido embora.

•

    Ficou diante do congelador gigante, escolhendo seu jantar. Seus olhos cansados vagaram pelas pilhas de carnes, depois pelos vegetais congelados, e então pelos pães e doces, pelas frutas e pelos sorvetes.

    Escolheu duas costeletas de cordeiro, vagens e um pequeno pote de *sherbet* de laranja. Pegou as caixas do congelador e fechou a porta, empurrando-a com o cotovelo.

    Então, foi até os montes irregulares de latas empilhadas até o teto. Derrubou uma de suco de tomate e saiu do quarto que um dia fora de Kathy e agora pertencia a seu estômago.

    Ele se moveu lentamente pela sala de estar, olhando para o mural que cobria a parede de trás. Este mostrava a beira de um penhasco, desviando-se para um oceano verde-azulado que surgia e arrebentava em rochas negras. Distantes, no céu azul e límpido, gaivotas brancas flutuavam ao vento e, mais à direita, uma árvore nodosa se pendurava sobre o precipício, com seus ramos negros esculpidos contra o céu.

    Neville andou até a cozinha e largou sua comida sobre a mesa, e seus olhos se moveram em direção ao relógio. Vinte para as seis. Faltava pouco, agora.

    Derramou um pouco de água em uma pequena panela e colocou-a retinindo em uma das bocas do fogão. Depois, descongelou as costeletas, colocando-as sobre a grelha. A água já estava fervendo; ele despejou as vagens e tampou a panela, pensando que provavelmente fora o fogão elétrico o culpado por drenar o gerador.

Fatiou dois pedaços de pão na mesa e serviu-se de um copo de suco de tomate. Sentou-se e olhou para o ponteiro vermelho dos segundos, à medida que varria lentamente o mostrador do relógio. Os canalhas deveriam estar ali logo.

Depois de terminar seu suco de tomate, andou até a porta da frente e saiu para a varanda. Desceu para o gramado e caminhou até a calçada.

O céu escurecia, e estava ficando frio. Ele olhou para cima e para baixo da rua Cimarron, enquanto a brisa fresca despenteava seus cabelos loiros. Era isto o que havia de errado com dias nublados como aquele: você nunca sabia quando eles estavam vindo.

Bem, pelo menos eles são melhores do que aquelas malditas tempestades de poeira. Dando de ombros, ele voltou para o gramado e para dentro de casa, trancou e travou a porta a sua frente, deslizando a barra grossa para o devido lugar. Então, voltou para a cozinha, virou suas costeletas e desligou o fogo sob as vagens.

Ele estava colocando a comida no prato quando parou de repente, movendo os olhos rapidamente para o relógio. Seis e vinte e cinco hoje. Ben Cortman estava gritando.

– Sai, Neville!

Robert Neville sentou-se suspirando e começou a comer.

•

Ele estava sentado na sala de estar, tentando ler. Preparou para si um uísque com soda em seu barzinho e segurou o copo frio, enquanto lia um texto de fisiologia. Na caixa de som sobre a porta do corredor, a música de Schönberg tocava alto.

Não alto o suficiente, pensou. Ele ainda podia ouvi-los do lado de fora, seus murmúrios, seus passos e seus gritos, seus rosnados e as lutas entre si. De vez em quando, uma pedra ou um tijolo atingia a casa. Às vezes, um cão latia.

E todos estavam lá pela mesma razão.

Robert Neville fechou os olhos por um momento e manteve os lábios firmemente apertados. Então, abriu os olhos e acendeu outro cigarro, deixando a fumaça seguir fundo até seus pulmões.

Desejou ter tempo para tornar a casa à prova de som. Não seria uma ideia tão ruim, não fosse o fato de que ele *precisava* ouvi-los. Mesmo depois de cinco meses, isso ainda lhe dava nos nervos.

Nunca mais olhou para eles. No início, deixara uma fresta na janela da frente para observá-los. Mas então as mulheres o tinham visto e começado a fazer poses depravadas, a fim de seduzi-lo e atraí-lo para fora da casa. Ele não queria ver aquilo.

Deixou seu livro de lado e encarou tristemente o tapete, enquanto *Verklärte Nacht* ainda tocava nas caixas de som. Sabia que podia colocar tampões nos ouvidos para cortar o som que vinha de fora, mas isso cortaria também a música, e não queria ter de reconhecer que eles o estavam forçando a viver enclausurado.

Fechou os olhos mais uma vez. Eram as mulheres que tornavam isso tão difícil, pensando bem; aquelas mulheres, posando como bonecas lascivas pela noite, contando com a possibilidade de que ele as veria e enfim decidisse sair.

Um arrepio passou por ele. Toda noite era a mesma coisa. Ele ficava lendo e ouvindo música. Depois começava a pensar em tornar a casa à prova de som, e depois pensava nas mulheres.

Sentiu novamente aquele calor entranhado no íntimo de seu corpo, e pressionou os lábios um contra o outro, até que eles ficassem brancos. Ele conhecia bem aquela sensação e ficava com raiva por não conseguir combatê-la. Ela crescia e crescia, a ponto de ele não poder mais permanecer sentado, quieto. Então, ele se levantava e caminhava pelo piso, com os punhos fechados com força ao lado do corpo. Talvez instalasse o projetor de filmes, ou comesse alguma coisa, ou bebesse demais, ou aumentasse tanto o volume da música que o som machucaria seus ouvidos. Tinha de fazer algo quando a sensação começava a ficar ruim de verdade.

Sentiu os músculos de seu abdômen se fecharem como uma espiral aterrorizante. Pegou mais uma vez o livro e tentou lê-lo, e seus lábios formavam cada palavra, lenta e dolorosamente.

Mas logo depois o livro estava de novo em seu colo. Olhou para a estante a sua frente. Todo o conhecimento naqueles livros não seria capaz de conter as chamas que havia dentro dele; todas as palavras de séculos não poderiam dar cabo do desejo mudo e estúpido em seu corpo.

Esse pensamento o deixava enjoado. Era um insulto para um homem. Tudo bem, era um instinto natural, mas não havia mais lugar para isso. Eles o forçaram ao celibato; teria que viver com isso. Você tem um cérebro, não tem?, ele se perguntava. Então, use-o!

Ele estendeu o braço e aumentou o volume da música; então, obrigou-se a ler uma página inteira sem pausas. Leu sobre células sanguíneas sendo forçadas contra membranas, sobre a linfa pálida levando os resíduos através de tubos bloqueados pelos gânglios linfáticos, sobre linfócitos e células fagocitosas.

"... para desembocar, na região do ombro esquerdo, próximo ao tórax, em uma veia larga do sistema circulatório."

Fechado, o livro bateu com um ruído surdo.

Por que não o deixavam em paz? Achavam que *todos* poderiam tê-lo? Eram tão estúpidos para pensarem assim? Por que continuavam a vir, todas as noites? Depois de cinco meses, era de imaginar que iriam desistir e tentar em outro lugar.

Foi até o bar e preparou outro drinque. Assim que voltou para sua poltrona, escutou pedras sendo atiradas contra o telhado, aterrissando ruidosamente no matagal ao lado da casa. Ele ouvia, sobre os ruídos, Ben Cortman gritar, como sempre gritava:

– Sai, Neville!

Algum dia eu pego esse desgraçado, pensou, enquanto tomava um grande gole de seu drinque amargo. Algum dia vou enfiar uma estaca bem no meio desse seu peito maldito. Vou fazer um pouco mais comprida para você, uma especial, decorada com fitas, seu desgraçado.

Amanhã. Amanhã iria tornar a casa à prova de som. Seus dedos se dobravam em punhos, com as articulações pálidas. Não podia ficar pensando naquelas mulheres. Se não as escutasse, talvez não pensasse nelas. Amanhã. Amanhã.

A música acabou e ele pegou uma pilha de vinis que estavam sobre o toca-discos, colocando-os de volta em seus envelopes. Agora, podia ouvi-los do lado de fora com ainda mais clareza. Pegou o primeiro disco novo que conseguiu alcançar, colocou-o na vitrola e pôs o volume no máximo.

"O ano da peste", de Roger Leie, tomou seus ouvidos. Violinos lutavam e gemiam, tímpanos soavam como as batidas de um coração moribundo, flautas tocavam melodias estranhas e atonais.

Com uma raiva ainda maior, arrancou o disco e rachou-o no joelho direito. Fazia tempo que ele queria quebrá-lo. Andou com as pernas rígidas até a cozinha e arremessou os pedaços do disco na caixa de lixo. Então, ficou parado na cozinha escura, com os olhos bem apertados, os dentes cerrados e as mãos tampando os ouvidos. Me deixem em paz, me deixem em paz, me deixem em paz!

Não adiantava, não podia vencê-los à noite. Não adiantava nem tentar: aquela era a hora especial deles. Estava agindo com estupidez, se pensava que poderia vencê-los. Deveria assistir a um filme? Não, ele não achava que poderia montar o projetor. Deveria ir para a cama e colocar os tampões nos ouvidos. De qualquer forma, era isso o que acabava fazendo todas as noites.

Rapidamente, tentando não pensar em nada, ele foi para o quarto e tirou a roupa. Colocou a calça do pijama e foi para o banheiro. Nunca vestia a camisa do pijama; era um hábito que adquirira no Panamá, durante a guerra.

Enquanto se lavava, olhou para o peitoral largo no espelho, para os pelos pretos enrolados em volta dos mamilos e abaixo da linha central do peito. Olhou para a cruz ornamentada que tatuara no peito enquanto estava no Panamá, uma noite, quando tinha ficado bêbado. Como eu era bobo naquele tempo!, pensou. Bem, talvez aquela cruz tenha salvado sua vida.

Escovou os dentes com cuidado e passou fio dental. Tentava cuidar bem de seus dentes porque, agora, ele era seu próprio dentista. Algumas coisas podiam ir pro brejo, mas não sua saúde, pensou. Então por que você não para de entornar álcool?, pensou. Por que você não cala essa matraca?, pensou em resposta.

Atravessou a casa, apagando as luzes. Olhou para a pintura por alguns minutos e tentou acreditar que era, realmente, o oceano. Mas como poderia acreditar de verdade, com todas as batidas e as brigas, os uivos, os rosnados e os gritos na noite?

Apagou a lâmpada da sala de estar e foi para o quarto.

Fez um som de desgosto quando viu que a serragem ainda cobria a cama. Ele foi tirando o pó, batendo com a mão, pensando que seria melhor construir uma divisória entre a oficina e a parte de dormir.

Melhor fazer isso, melhor fazer aquilo, pensou melancolicamente. Existiam tantas malditas coisas para se fazer; ele nunca chegaria ao problema de fato.

Encaixou bem seus tampões de ouvido e um grande silêncio o engoliu. Apagou a luz e meteu-se entre os lençóis. Olhou para o relógio circular e viu que era um pouco depois das dez. Tudo bem, pensou. Assim vou poder começar bem cedo.

Ele se deitou na cama e respirou fundo na escuridão, querendo dormir. Mas o silêncio não ajudava muito. Ainda podia vê-los lá fora: os homens pálidos perambulando em volta da casa, procurando incessantemente por uma forma de entrar para pegá-lo. Alguns deles, era provável, estavam de cócoras como cachorros, com os olhos cintilando, voltados para a casa, e os dentes raspando lentamente, para lá e para cá, para lá e para cá.

E as mulheres...

Tinha que começar a pensar *nelas*? Ele se jogou de barriga para baixo, praguejando, e pressionou o rosto contra o travesseiro quente. E ficou deitado ali, respirando profundamente, e seu corpo se contorcia de leve no lençol. Fazei chegar a luz da manhã. Sua mente encara as palavras que encara todas as noites. Meu Deus, fazei chegar a luz da manhã.

Ele sonhou com Virginia e chorou enquanto dormia, e seus dedos se agarraram aos lençóis como garras delirantes.

2

O alarme disparou às cinco e meia, e Robert Neville estendeu o braço, ainda dormente na manhã triste, para desligá-lo.

Ele apanhou os cigarros e acendeu um, para só então se sentar. Depois de alguns momentos, ele se levantou, caminhou pela sala de estar escura e espiou pelo olho mágico da porta.

Lá fora, no gramado, as figuras sombrias estavam imóveis, como silenciosos soldados de guarda. À medida que olhava para eles, alguns começaram a se retirar, e ele os ouviu murmurando, insatisfeitos, entre si. Outra noite tinha acabado.

Voltou para o quarto, acendeu a luz e se vestiu. Enquanto vestia a camisa, ouviu Ben Cortman gritar: "Sai, Neville!".

E foi isso. Depois, ele sabia, todos partiram mais fracos do que quando chegaram. A não ser que tivessem atacado um dos seus. Eles faziam isso com frequência. Não havia união entre eles. Sua necessidade era sua única motivação.

Depois de se vestir, Neville sentou-se na cama, resmungando, e rabiscou a lápis sua lista de afazeres para o dia:

Torno na Sears
Água
Conferir o gerador
Cavilhas (?)
O de sempre

O café da manhã foi apressado: um copo de suco de laranja, uma fatia de torrada e duas xícaras de café. Ele terminou rapidamente, desejando ter paciência para comer devagar.

Depois do café, jogou o prato de papel e a xícara na caixa de lixo e, em seguida, escovou os dentes. *Pelo menos um de meus hábitos é bom*, ele se consolou.

A primeira coisa que fez quando saiu foi olhar o céu. Estava limpo, quase sem nuvens. Ele poderia sair hoje. Que bom.

Enquanto cruzava a varanda, seu sapato chutou alguns pedaços do espelho. Bom, a droga do espelho quebrou do jeito que eu achava que ia quebrar, pensou. Ele limparia isso mais tarde.

Um dos corpos estava estatelado na calçada; o outro, meio escondido no matagal. Ambos eram de mulheres. Eram quase sempre de mulheres.

Ele destrancou a porta da garagem e deu ré em sua Rural Willys para adentrar o frescor da manhã. Depois, saiu e baixou a porta traseira. Colocou luvas pesadas e caminhou por cima da mulher na calçada.

À luz do dia, elas não tinham nada de atraente, pensou, enquanto as arrastava pelo gramado e as atirava na lona encerada. Não restava uma gota nelas; ambas tinham a cor de um peixe fora d'água. Ele levantou a porta e a trancou.

Então, circulou pelo gramado, apanhando pedras e tijolos e ajeitando-os em um saco de pano. Colocou o saco no jipe e depois tirou as luvas. Foi para dentro de casa, lavou as mãos e preparou seu almoço: dois sanduíches, alguns biscoitos e uma garrafa térmica com café quente.

Quando tudo estava pronto, foi para o quarto e pegou sua sacola de estacas. Ele a jogou nas costas e afivelou o coldre que segurava sua marreta. Em seguida, saiu de casa e trancou a porta que dava para a rua.

Não se preocuparia em procurar Ben Cortman naquela manhã; havia muitas outras coisas a fazer. Pensou por um segundo sobre o trabalho de isolamento acústico que decidira realizar na casa. Ah, deixa essa porra pra lá, pensou. Eu faço isso amanhã, ou quando estiver nublado.

Foi para o veículo e conferiu sua lista. "Torno na Sears" era o primeiro item. Depois de se livrar dos corpos, claro.

Ligou o carro, deu ré e seguiu para a avenida Compton, onde virou à direita e rumou para o leste. Nos dois lados da rua, as casas permaneciam silenciosas e, junto ao meio-fio, carros jaziam parados, vazios e mortos.

Os olhos de Robert Neville se abaixaram e focaram o mostrador de combustível por um momento. Ainda tinha meio tanque, mas ele poderia muito bem parar na avenida Western e completar. Não fazia sentido usar a gasolina estocada na garagem; não enquanto ainda houvesse outro jeito.

Chegou até a silenciosa estação e freou. Ele pegou um galão de gasolina e usou um sifão a fim de passar o conteúdo para o tanque do carro, até que o fluido âmbar começasse a jorrar para fora da abertura e alcançasse o cimento.

Verificou o óleo, a água, a bateria e os pneus. Tudo estava em boas condições. Geralmente estava, porque ele tinha um cuidado especial com o carro. Se algum dia o veículo quebrasse e ele não conseguisse voltar para casa ao anoitecer...

Bem, não fazia sentido ficar se preocupando com isso. Se um dia isso acontecesse, seria o fim. Agora, ele seguia pela Compton Boulevard, passando pelas altas torres de petróleo, pela Compton, por todas as ruas silenciosas. Não havia ninguém para ser visto, em lugar algum.

Mas Robert Neville sabia onde eles estavam.

O fogo estava sempre queimando. Conforme o carro se aproximava, ele vestiu as luvas e a máscara de gás e observou pelas oculares o véu de fuligem de fumaça pairando sobre a terra. O campo inteiro fora escavado, formando uma cova gigante. Isso acontecera em junho de 1975.

Neville estacionou o carro e saiu, ansioso para terminar logo o trabalho. Abrindo a tranca e baixando a porta traseira, ele retirou um dos corpos e o arrastou até a borda do fosso. Ali, ele o colocou em pé e o empurrou.

O corpo quicou e rolou pela encosta íngreme, até se acomodar na pilha de cinzas ardentes ao fundo da cova.

Robert Neville respirava com esforço enquanto corria de volta para o utilitário. Quando estava naquele lugar, ele sempre se sentia como se estivesse sendo estrangulado, mesmo usando a máscara de gás.

Então, arrastou o segundo corpo até a beira do abismo e o impulsionou para a frente. Depois de jogar lá embaixo o saco de pedras, voltou correndo para o carro e partiu em alta velocidade.

Após ter dirigido quase um quilômetro, ele arrancou a máscara e as luvas e aspirou golfadas profundas de ar fresco. Pegou o cantil do porta-luvas e tomou um grande gole de uísque, que desceu queimando. Depois, acendeu um cigarro e tragou profundamente. Nas últimas semanas, ele tivera de ir à cova fumegante todos os dias, e isso sempre o deixava mal.

Em algum lugar lá embaixo, estava Kathy.

No caminho até Inglewood, parou em um supermercado para pegar algumas garrafas de água. Ao entrar no silêncio da loja, o cheiro de comida estragada preencheu suas narinas. Rapidamente, empurrou um carrinho de compras pelos corredores empoeirados e silenciosos. O odor pesado de decomposição era muito desagradável, fazendo que ele tivesse de respirar pela boca.

Encontrou garrafas de água no fundo da loja, onde também havia uma porta que dava para um lance de escadas. Depois de colocar todas as garrafas no carro, ele subiu as escadas. Talvez o dono do mercado estivesse lá em cima; Neville poderia começar por ali.

Havia dois deles. Na sala de estar, largada em um sofá, estava uma mulher de cerca de trinta anos, usando um roupão vermelho. Ali, o peito da mulher, deitada, subia e descia. Seus olhos estavam fechados; suas mãos, apertadas sobre o estômago.

As mãos de Robert Neville apalparam desajeitadamente a estaca e a marreta. Sempre era difícil quando eles estavam vivos, especialmente se eram mulheres. Ele podia sentir aquela necessidade sem sentido voltando, enrijecendo seus músculos. Ele tentou engolir a sensação. Era insano, não havia argumento racional algum para aquilo.

Ela não emitiu nenhum som, exceto pela expiração rouca e súbita.

Entrando, então, no quarto, Neville podia ouvir um barulho, algo como o som de água corrente. Bom, tem alguma outra coisa que eu poderia fazer?, ele se perguntou: ainda tinha de se convencer de que estava fazendo a coisa certa.

Ele ficou parado na soleira da porta do quarto, olhando fixamente para a pequena cama próxima à janela; olhou para o movimento da garganta, a respiração estremecida no peito. Então, determinado, andou até a lateral da cama e a encarou.

Por que, para mim, todas elas se parecem com a Kathy?, pensou, retirando a segunda estaca com as mãos trêmulas.

•

Dirigindo lentamente até a Sears, ele tentou se esquecer, indagando a si mesmo por que apenas as estacas de madeira funcionavam.

Ele franziu a testa enquanto dirigia pela avenida longa e deserta, onde o único som era o ronco silencioso do motor de seu carro. Parecia incrível que ele tivesse demorado cinco meses para começar a pensar nesse assunto.

O que trazia outra questão à mente: como é que ele sempre conseguia atingir o coração? Tinha de ser o coração, dr. Busch tinha dito isso. Ainda que ele, Neville, não tivesse qualquer conhecimento anatômico.

Sua expressão era preocupada. Ficou irritado por já ter passado tantas vezes por esse mesmo processo hediondo, sem parar uma vez sequer para questioná-lo.

Ele balançou a cabeça. Não, eu deveria pensar nisso com cuidado, refletiu; eu deveria juntar todas as perguntas antes de tentar respondê-las. As coisas devem ser feitas do modo correto, do modo científico.

Tá, tá, tá, pensou, sombras do velho Fritz. Esse tinha sido o nome de seu pai. Neville o havia renegado, o que fizera da aquisição de suas habilidades lógicas e mecânicas um processo bastante difícil.

Seu pai morrera negando o vampiro violentamente, até o fim.

Na Sears, ele pegou o torno, colocou dentro do jipe e, então, vasculhou a loja.

Havia cinco deles no porão, escondendo-se em diferentes lugares escuros. Neville encontrou um deles em uma geladeira de mostruário. Quando viu o homem deitado ali, em seu caixão esmaltado, Neville teve de rir; parecia um lugar engraçado para se esconder.

Depois, pensou em quão sem graça estava o mundo, quando ele era capaz de se divertir com uma coisa daquelas.

Lá pelas duas da tarde, estacionou o carro e comeu seu almoço. Tudo parecia ter gosto de alho. Isso o fez pensar no efeito que o alho tinha sobre eles. Tinha de ser o cheiro o que os afugentava. Mas por quê?

Era estranho o que se sabia a respeito deles: que ficavam abrigados durante o dia, que evitavam alho, que morriam por meio de estacas, que sabidamente se amedrontavam diante de uma cruz, que talvez se sentissem ameaçados pelos espelhos.

Pegue esse último, por exemplo. De acordo com a lenda, não seria possível ver o reflexo desses seres em espelhos, mas ele sabia que isso não era verdade. Como também era falsa a crença de que eles se transformavam em morcegos. Essa era uma superstição que a lógica, aliada à observação, facilmente descartava. Era igualmente ridículo acreditar que podiam se transformar em lobos. Sem dúvida nenhuma havia cães-vampiros; ele os tinha visto e ouvido do lado de fora de sua casa, à noite. Mas eram apenas cachorros.

Robert Neville apertou os lábios, subitamente. Esqueça, ele disse a si mesmo. Você ainda não está pronto. Chegaria o tempo em que tentaria reunir essas respostas, detalhe por detalhe, mas a hora não era essa. Havia coisas o bastante com que se preocupar, por ora.

Depois do almoço, foi de casa em casa e usou todas as suas estacas. Ele tinha quarenta e sete estacas.

3

"A força de um vampiro é que ninguém irá acreditar que ele existe."

Obrigado, doutor Van Helsing, ele pensou, colocando de lado sua edição de *Drácula*. Sentou-se, encarando aborrecido sua estante, ouvindo o Segundo Concerto para Piano de Brahms, com um *whisky sour* na mão direita e um cigarro entre os lábios.

Era verdade. O livro era um amontoado de superstições e clichês de novela, mas essa frase era real; ninguém tinha acreditado que eles existiam. Como poderiam lutar contra algo em que sequer acreditavam?

A situação havia se desenrolado da seguinte forma: algo negro e saído da noite veio rastejando da Idade

Média. Algo inexplicável e inacreditável, algo que já aparecia, em todos os detalhes, nas páginas da literatura imaginativa. Vampiros estavam fora de moda; idílios de Summers, melodramas de Stoker, uma pequena referência na *Encyclopædia Britannica*, munição para a indústria de escritores de revistas baratas, material bruto para as fábricas de filmes de baixo orçamento. Uma lenda tênue, passada de um século para o outro.

Bem, era verdade.

Ele deu um gole em seu drinque e fechou os olhos enquanto o líquido frio corria por sua garganta e aquecia seu estômago. Era verdade, pensou, mas ninguém teve a chance de ficar sabendo disso. Ah, todos sabiam que era alguma coisa, mas não podia ser *aquilo*. *Aquilo*, não. *Aquilo* era coisa da imaginação, *aquilo* era superstição, *aquilo* não existia.

Então, antes de a ciência ser arrebatada pela lenda, a lenda engoliu a ciência e todo o resto.

Ele não procurou nenhum pedaço de madeira naquele dia. Não verificou o gerador. Não limpou os cacos do espelho quebrado. Não jantou; perdeu o apetite. Não era incomum. Muitas vezes ele perdia a vontade de comer. Ele não conseguia passar a tarde fazendo aquelas coisas todas e depois chegar em casa e encarar uma refeição completa. Nem mesmo depois desses cinco meses.

Ele pensou nas onze, não, nas doze crianças daquela tarde e terminou seu drinque em dois goles.

Ele piscou e o quarto oscilou um pouco a sua frente. Meu Deus, você está ficando muito bêbado, ele disse para si mesmo. E daí?, ele mesmo retrucou. Tem alguém que mereça mais que eu?

Ele jogou o livro do outro lado da sala. Fora daqui! Van Helsing, Mina, Jonathan, o conde com olhos sanguinários e tudo o mais! Fora daqui! Tudo invenção, tudo extrapolações absurdas de um tema sombrio.

Um riso abafado pela tosse escapou de sua garganta. Lá fora, Ben Cortman o chamou para sair. Com certeza, Benny, ele pensou. Deixa só eu botar o meu smoking.

Ele estremeceu e cerrou os dentes. *Já vou sair*. Bem, e por que não? Por que *não* sair? Era um jeito certeiro de ficar livre deles.

Ser um deles.

Ele riu da simplicidade do raciocínio, então se levantou e cambaleou até o bar. Por que não? Sua mente se arrastava. Por que passar por toda essa complicação quando se atirar pela porta aberta e dar alguns passos acabaria com tudo?

Ele não sabia, não fazia a menor ideia. Havia, é claro, a possibilidade débil de que existissem outros como ele em algum lugar, tentando seguir em frente, esperando que algum dia pudessem estar novamente entre sua própria espécie. Mas como ele poderia encontrá-los, se eles estavam a mais de um dia de distância de sua casa?

Ele deu de ombros e colocou mais uísque no copo; havia desistido de usar a coqueteleira meses atrás. Colocar alho nas janelas e redes sobre a estufa, queimar os corpos, arrastar as pedras e, de milímetro em milímetro, diminuir as fileiras profanas. Por que se enganar? Ele nunca encontraria outra pessoa.

Seu corpo caiu pesadamente sobre a poltrona. Aqui estamos nós, criançada, sentadinhos numa boa na canoa, rodeados por um batalhão de sanguessugas que só querem beber a minha hemoglobina à vontade, com teor alcoólico de 50%.

Seu rosto se retorceu em uma expressão de ódio puro e absoluto. Desgraçados! Eu vou matar cada um de vocês antes de me entregar, seus filhos da mãe! Sua mão direita se fechou como um alicate, e o copo se estilhaçou em seu punho.

Com a visão turvada, ele encarou os fragmentos no chão, os pedaços pontiagudos de vidro ainda em sua mão e o sangue diluído em uísque pingando da palma.

Eles bem que gostariam de pegar um pouco disso, não é mesmo?, pensou. Colocou-se de pé abrupta e furiosamente e quase abriu a porta. Assim, poderia agitar a mão em frente ao rosto deles e ouvi-los uivar.

Então, fechou os olhos e um arrepio percorreu seu corpo. Cara, fica esperto, pensou. Faz um curativo nessa maldita mão.

Cambaleou até o banheiro e lavou com cuidado o machucado, arfando enquanto emplastrava com iodo sua carne cortada. Em seguida, enfaixou a mão de um modo grosseiro, e seu peito largo ofegava em movimentos bruscos, enquanto suor pingava de sua testa. Preciso de um cigarro, pensou.

Novamente na sala de estar, substituiu Brahms por Bernstein e acendeu um cigarro. O que eu vou fazer se ficar sem ter o que fumar?, ele se perguntou, olhando para a trilha azulada da fumaça do cigarro. Bom, não havia muita chance de isso acontecer. Tinha cerca de mil pacotes de cigarro no armário do quarto da Kathy...

Ele cerrou os dentes. No armário da *despensa*, da *despensa*, da *despensa*.

O quarto da Kathy.

Sentou-se, encarou o mural com um olhar sem vida enquanto "A era da ansiedade" pulsava em seus ouvidos. A era da ansiedade, meditou. Você pensava que sabia o que era ansiedade, Lenny, meu garoto. Lenny e Benny, vocês deveriam se conhecer. Compositor, conheça o cadáver. Mamãe, quando crescer eu quero ser um wampir que nem o papai! Porque Deus queira, querido, é claro que será.

O uísque gorgolejou até o copo. Neville fez uma careta em razão da dor em sua mão direita e trocou a garrafa para a esquerda.

Sentou-se e tomou um gole. Que o limite saliente da realidade fique entorpecido por agora, pensou. Que o equilíbrio esfacelado da nitidez seja eliminado, mas que seja rápido. Odeio eles.

Aos poucos, a sala deslocou seu centro giroscópico, oscilando e ondulando sobre sua poltrona. Uma neblina agradável, indistinta nas bordas, tomou conta de sua visão. Olhou para o copo, para o toca-discos. Deixou sua cabeça balançar de um lado para o outro. Lá fora, eles perambulavam, resmungavam e esperavam.

Pobres vampiros, pensou, pobres filhinhos da puta, rondando a minha casa de mansinho, tão famintos, todos tão desesperados.

Uma ideia. Ele levantou o indicador, que balançou diante de seus olhos.

Amigos, eu vim diante de vocês para falar sobre o vampiro; uma forma de minoria, se é que já existiu uma, se é que já existiu.

Mas serei conciso: vou delinear a base para minha tese. Que é a seguinte: existe preconceito contra os vampiros.

O principal ponto do preconceito contra as minorias é este: elas são odiadas porque são temidas. Portanto...

Preparou um drinque. Dos grandes.

Houve uma época, a Idade Média ou a Idade das Trevas para ser sucinto, em que o poder do vampiro era grande, e o medo que se sentia dele, tremendo. Era anátema e permanece sendo anátema. A sociedade o odeia sem economia.

Mas as necessidades do vampiro são mais revoltantes que as de outros animais e as dos homens? Seus atos são mais ultrajantes que os de um pai que drena o espírito do filho? O vampiro talvez mantenha batimentos cardíacos acelerados e cultive cabelos bagunçados. Mas ele é pior que um pai que presenteia a sociedade com um filho neurótico que acaba por se tornar um político? Ele é pior que um industrial que tardiamente cria fundações com o dinheiro que conseguiu ao vender bombas e armas para nacionalistas suicidas? Ele é pior que o fabricante de bebidas que fornece produto feito com grãos degradados, a fim de entorpecer ainda mais os cérebros daqueles que, sóbrios, já eram incapazes de um pensamento linear? (Tá, eu peço desculpas por essa difamação, eu me rendo à bebida que me alimenta.) Ele é pior, então, que o editor que por toda parte preenche prateleiras com luxúria e desejos de matar? Em verdade, agora, olhem bem em suas almas, queridos: o vampiro é tão mau assim?

Tudo o que ele faz é beber sangue.

Então por que esse preconceito cruel, esse viés imprudente? Por que o vampiro não pode viver onde ele bem quiser? Por que ele deve procurar por lugares escondidos, em que ninguém possa encontrá-lo? Por que vocês querem destruí-lo? Vejam, vocês transformaram um pobre inocente sem maldade em um animal assombrado. Ele não possui meios para se sustentar, nem há medidas para garantir-lhe uma educação apropriada e, portanto, ele não possui o privilégio do voto. Não é de admirar que ele seja compelido a procurar uma existência predatória noturna.

Robert Neville grunhiu rispidamente. Tá bem, tá bem, ele pensou; mas você deixaria sua irmã casar-se com um deles?

Ele deu de ombros. Nessa você me pegou, cara, nessa você me pegou.

A música terminou. A agulha riscou para a frente e para trás os sulcos pretos. Ele se sentou ali, sentindo um frio subir por suas pernas, rastejante. Esse é o problema de beber demais. Você fica imune aos prazeres da embriaguez. Não existe conforto na bebida. Antes de ficar feliz, você despenca. A sala já estava se endireitando e os sons do lado de fora começavam a mordiscar seus tímpanos.

– Sai, Neville!

Sua garganta se moveu, e um sopro trêmulo passou por seus lábios. Vamos lá. As mulheres estavam lá fora, com seus vestidos abertos ou até mesmo sem eles. A pele delas esperava por seu toque, os lábios delas esperavam por...

Meu sangue, meu *sangue*!

Como se fosse a mão de outra pessoa, ele olhou seu punho empalidecido levantar-se lentamente, tremendo até atingir sua perna. A dor o fez sugar de um fôlego só o ar rançoso da casa. Alho. Em todo lugar, o cheiro do alho. Em suas roupas, na mobília, na comida e até mesmo em seu drinque. *Tome um alho com soda*; sua mente descartou a tentativa de piada.

Ele fez um movimento abrupto e começou a caminhar. O que vou fazer agora? Voltar para a rotina? Vou poupar o trabalho para você: ler, beber, instalar o isolamento acústico na casa... as mulheres. As mulheres, lascivas, sedentas de sangue e nuas, exibindo seus corpos quentes para ele. Não; quentes, não.

Um gemido arrepiante distendeu-se por seu peito e pela garganta. Malditos sejam, o que é que estavam esperando? Eles estavam pensando que ele iria sair e se entregar?

Talvez eu saia, talvez eu saia. Ele se pegou, na verdade, erguendo a barra transversal que fechava a porta. Estou chegando, garotas, eu estou chegando! Lambam seus beiços, agora.

Lá fora, eles ouviram a barra ser levantada e um uivo de expectativa soou pela noite.

Girando sobre si mesmo, ele golpeou os punhos um após o outro contra a parede, até arrebentar o curativo recente e deixar a pele exposta. Então, ficou ali, parado, tremendo e desamparado, rangendo os dentes.

Depois de algum tempo, passou. Ele colocou a barra novamente em seu lugar, travando a porta, e foi para o quarto. Afundou-se na cama e encostou no travesseiro, com um suspiro. Sua mão esquerda golpeou uma vez, debilmente, a colcha.

Meu Deus, pensou, por quanto tempo, quanto?

4

O alarme não chegou a tocar, porque ele havia se esquecido de programá-lo. Neville dormiu profundamente e sem se mexer, com o corpo rígido como ferro fundido. Quando finalmente abriu os olhos, já eram dez horas.

Com um resmungo nauseado, ele se esforçou para sentar-se, jogando as pernas pela lateral da cama. Sua cabeça começou a latejar instantaneamente, como se seu cérebro estivesse tentando se atirar para fora do crânio. Legal, pensou, uma ressaca. Só faltava essa.

Levantou-se com um gemido e cambaleou até o banheiro, jogou água no rosto e derramou um pouco sobre a cabeça. Nada bom, sua cabeça se queixava, nada bom. Eu me sinto mal pra diabo. No espelho, seu rosto era esquelético, barbado e muito parecido com o de alguém na casa dos quarenta. *Love, your magic spell is everywhere*; as palavras se agitavam inutilmente em sua cabeça, como lençóis úmidos ao vento.

Andou lentamente até a sala de estar e abriu a porta da frente. Um palavrão saiu subitamente de seus lábios, com a visão da mulher desfalecida sobre a calçada. Começou a ficar tenso, com raiva, mas isso fez sua cabeça latejar demais, e ele teve de deixar para lá. Eu estou doente, imaginou.

O céu estava cinza e morto. Ótimo!, pensou. Mais um dia preso neste ninho lacrado por tábuas! Bateu a porta, feroz, e então retraiu-se resmungando por causa do barulho, uma verdadeira pontada no cérebro. Ouviu o que restava do espelho caindo do lado de fora e se estilhaçando no cimento da varanda. Ah, *maravilha*! Seus lábios se transformaram novamente em uma torção branca de carne.

Duas xícaras de café preto bem quente fizeram apenas seu estômago ficar ainda pior. Deixou a xícara e foi para a sala. Que se dane, pensou, vou ficar bêbado de novo.

Mas a bebida tinha gosto de solvente, e ele arremessou o copo contra a parede, soltando um rosnado áspero. Ficou imóvel, olhando o líquido escorrer até o tapete. Merda, os copos estão acabando. O pensamento o irritava, enquanto se esforçava para respirar, em rajadas vacilantes.

Afundou-se no sofá e ficou ali, balançando lentamente a cabeça. Não tinha jeito; eles o derrotaram, aqueles vermes o derrotaram.

De novo aquela sensação inquietante; a sensação de que ele estava se expandindo enquanto a casa se contraía, como se a qualquer momento ele fosse irromper da construção em uma explosão de madeira, gesso e tijolos. Levantou-se e foi rapidamente até a porta, com as mãos trêmulas.

No gramado, aspirou o ar úmido da manhã em grandes arfadas, e seu rosto virou-se para o lado, a fim de não encarar a casa que odiava. Mas ele odiava também as outras casas da vizinhança, odiava o chão, as calçadas e os gramados, e tudo o mais que havia na rua Cimarron.

Tudo aquilo estava se acumulando dentro dele. De repente, percebeu que precisava sair de lá. Estando o dia nublado ou não, precisava sair de lá.

Trancou a porta da frente, destrancou e ergueu a pesada porta da garagem, que abria para cima. Não se incomodou em baixá-la depois. Vou voltar logo, pensou. Vou dar só uma voltinha.

Rapidamente engatou a marcha a ré e levou o jipe até a calçada. Em seguida, virou o volante e pisou firme no acelerador, guiando em direção à avenida Compton. Ele não sabia para onde estava indo.

Chegou até a esquina a 65 quilômetros por hora e saltou para mais de cem antes de chegar ao outro quarteirão. O carro deu um salto sob seus pés e ele manteve o acelerador no máximo, com o pé pesado como chumbo. Suas mãos eram como gelo esculpido no volante, e seu rosto era o rosto de uma estátua. Chegou à rua vazia e sem vida a quase 150 quilômetros por hora, um rugido naquele silêncio pesado.

●

"Um quintal de aberrações da natureza", pensou, enquanto caminhava devagar pela relva do cemitério.

A grama era tão alta que o peso da planta a fazia dobrar-se sobre si, e ela se quebrava sob os sapatos pesados enquanto ele caminhava. Não havia som algum, a não ser o de seus sapatos e o canto, agora sem sentido, dos pássaros. Antigamente, eu pensava que eles cantavam porque tudo estava bem com o mundo, pensou Robert Neville, mas agora sei que eu estava errado. Eles cantam porque são uns débeis mentais.

Ele já tinha dirigido por dez quilômetros, com o pedal da direita apertado com firmeza contra o assoalho, antes de se dar conta de para onde estava indo. Era estranho o modo como sua mente e seu corpo haviam guardado esse segredo de sua consciência. Conscientemente, sabia apenas que estava doente e deprimido e que tinha de se afastar da casa. Não sabia que estava indo visitar Virginia.

Mas tinha dirigido até lá o mais rápido que podia, sem desvios. Estacionou no meio-fio, entrou pelo portão enferrujado e, agora, seus sapatos pisavam e estalavam em meio à grama densa.

Quanto tempo se passara desde sua última vez ali? Devia fazer pelo menos um mês. Ele queria ter trazido flores, mas não tinha percebido que estava indo para lá até já estar quase no portão.

Seus lábios se apertaram, como se uma mágoa antiga o agarrasse novamente. Por que Kathy também não podia estar lá? Por que ele tinha obedecido tão cegamente, ouvindo aqueles idiotas que estabeleceram seus regulamentos estúpidos durante o estouro da peste? Se ao menos ela pudesse estar ali, deitada perto da mãe.

Não começa com isso de novo, ordenou a si mesmo.

Aproximando-se da cripta, enrijeceu, como se percebesse que a porta de ferro estava ligeiramente entreaberta. Ah, *não*, pensou. Partiu em uma corrida pela grama molhada. Se eles chegarem até ela, eu vou queimar esta cidade, prometeu. Eu juro por Deus que vou queimar tudo, até não sobrar nada, se eles tiverem encostado nela.

Abriu a porta com força, e ela ressoou contra a parede de mármore com um ruído profundo, que ecoava. Seus olhos se moveram rapidamente em direção à base de pedra na qual o caixão selado repousava.

A tensão cedeu; ele inspirou o ar mais uma vez. Ele ainda estava lá, intocado.

Então, como tinha antecipado, viu o homem deitado em um canto da cripta. Seu corpo contorcia-se contra o chão frio.

Rosnando de raiva, Robert Neville precipitou-se em direção ao corpo e, agarrando o casaco do homem com os dedos retesados, o arrastou pelo chão até atirá-lo violentamente para fora, no gramado. O corpo rolou de costas, e seu rosto branco apontava para o céu.

Robert Neville voltou para a cripta, com o peito arfando em movimentos irregulares. Então, fechou os olhos e parou, com as palmas das mãos descansando sobre a tampa do caixão.

Eu estou aqui, pensou. Estou de volta. Lembre-se de mim.

Jogou fora as flores que trouxera da última vez e limpou as poucas folhas que o vento soprara para dentro graças à abertura da porta.

Depois, sentou-se ao lado do caixão e repousou a testa na lateral de metal frio.

O silêncio o acolheu em suas mãos gélidas e gentis.

Se eu pudesse morrer agora, pensou; pacificamente, suavemente, sem um tremor ou um grito, se eu pudesse estar com ela. Se eu pudesse acreditar que estaria com ela.

Seus dedos se apertaram devagar e sua cabeça mergulhou para a frente, sobre o peito.

Virginia. Leve-me até onde você está.

Uma lágrima, cristalina, rolou por sua mão imóvel.

Não fazia ideia de quanto tempo havia permanecido ali. No entanto, até mesmo a tristeza mais profunda enfraquecia com o tempo, até mesmo o desespero mais agudo não cortava mais como antes. A maldição do torturado, pensou, é acabar se acostumando até mesmo ao açoite.

Ele se endireitou, levantando-se. Eu ainda estou vivo, pensou; o coração está batendo sem sentido, as veias estão correndo sem motivo, os ossos, os músculos e os tecidos estão todos vivos e funcionando sem nenhuma razão de ser.

Ele se deteve por mais um momento, olhando para o caixão. Então, virou-se com um suspiro e saiu, fechando a porta atrás de si em silêncio, para não atrapalhar o sono dela.

Ele tinha se esquecido do homem. Quase tropeçou sobre ele, soltou um palavrão ininteligível e começou a se afastar do corpo.

E então, de repente, virou-se para trás.

O que era aquilo? Ele olhou incredulamente para o homem. Estava morto; *realmente* morto. Como era possível? A mudança tinha ocorrido tão rapidamente, ainda que a aparência e o cheiro do homem dessem a impressão de que ele estava morto havia dias.

Sua mente começou a se agitar em uma euforia súbita. Algo tinha matado o vampiro; algo brutalmente eficaz. O coração estava intocado, não havia alho por ali e, ainda assim...

Pelo jeito, aconteceu naturalmente. Mas é claro: a luz do sol!

Uma onda de autorrecriminação o atingiu em cheio. Saber por cinco meses que eles ficam em lugares fechados durante o dia e nem sequer *uma vez* estabelecer a conexão! Ele fechou os olhos, chocado com sua própria estupidez.

Os raios do sol, o infravermelho e o ultravioleta. Tinha que ser isso. Mas por quê? Maldição, por que ele não sabia nada sobre os efeitos da luz do sol na fisiologia humana?

Outro pensamento: esse homem tinha sido um dos vampiros verdadeiros: os mortos-vivos. A luz do dia teria o mesmo efeito naqueles que ainda estavam vivos?

O primeiro entusiasmo que sentiu em meses o fez disparar até seu jipe.

Assim que a porta se fechou a seu lado com uma batida, ele ponderou se deveria ter removido o homem morto. O corpo atrairia outros; eles invadiriam a cripta? Não, não iriam chegar perto do caixão, pelo menos. Estava vedado com alho. Além disso, o sangue do homem estava morto, agora, e ele...

Novamente seus pensamentos foram interrompidos, enquanto ele chegava a uma nova conclusão. Os raios de sol devem fazer alguma coisa com o sangue deles!

Então, seria possível que todas aquelas coisas tivessem alguma relação com o sangue? O alho, a cruz, o espelho, a estaca, a luz do dia, o solo em que alguns deles dormiam? Ele não via qual poderia ser a ligação, mas, mesmo assim...

Ele precisava ler muito, fazer muita pesquisa. Talvez fosse exatamente o que ele estivesse fazendo. Vinha planejando fazer isso havia um bom tempo, mas ultimamente parecia ter se esquecido por completo disso. Agora, essa nova ideia havia acendido de novo sua vontade.

Ligou o carro e saiu em disparada pela rua, parando em uma zona residencial e invadindo a primeira casa que pôde alcançar.

Correu pelo caminho até a porta da frente, mas ela estava fechada e ele não conseguiu entrar. Soltando um rosnado impaciente, correu até a próxima casa. A porta dessa vez estava aberta, e ele correu até as escadas, atravessando a sala de estar escurecida, e subiu pulando os degraus de carpete, dois por vez.

Encontrou a mulher no quarto. Sem hesitar, puxou os cobertores e a agarrou pelos pulsos. Ela gemeu quando seu corpo atingiu o chão, e ele a ouviu fazer sons bem baixos com a garganta, enquanto a arrastava pelo corredor e ambos desciam pelas escadas.

Quando ele a empurrou para a sala, a mulher começou a se mover.

As mãos dela se fecharam em torno dos pulsos dele. Ela começou a se mexer e a sacudir sobre o tapete. Seus olhos ainda estavam fechados, mas ela arfou e balbuciou alguns sons; seu corpo continuava tentando se contorcer para escapar dele. Suas unhas pretas cravaram a carne de Robert. Ele se livrou do aperto dela com um rosnado e arrastou-a pelo cabelo no resto do caminho. Geralmente ele sentia remorso quando se dava conta de que, a não ser pelos efeitos de alguma calamidade que ele não entendia completamente, aquelas pessoas eram o mesmo que ele. Mas, agora, um fervor desconhecido tinha se apoderado de Neville, e ele não conseguia pensar em outra coisa.

Mesmo assim, estremeceu com o som de horror abafado que ela fez ao ser jogada na calçada, do lado de fora.

A mulher ficou deitada, contorcendo-se de modo impotente no cimento, enquanto suas mãos se abriam e se fechavam e os lábios voltavam a ficar manchados de vermelho. Robert Neville, nervoso, a observava.

Ele engoliu em seco. A sensação de brutalidade insensível não deveria durar. Mordeu os lábios enquanto olhava para a mulher. Ok, ela está sofrendo, ponderou ele, mas ela é uma deles e me mataria com prazer se tivesse a chance. Você tem que encarar isso desse jeito, é o único jeito. Com os dentes cerrados, ficou ali, parado, e a viu morrer.

Em poucos minutos ela parou de se mover, parou de murmurar e suas mãos se desenrolaram devagar, como flores brancas no cimento. Robert Neville agachou-se e tentou escutar batimentos cardíacos. Não havia nada. O corpo dela já estava esfriando.

Ele se levantou com um leve sorriso. Então era verdade. Ele não precisava das estacas. Depois de todo esse tempo, finalmente tinha encontrado um método melhor.

Então, sua respiração parou. Mas como ele poderia saber se a mulher estava morta de verdade? Como poderia ter certeza, antes do pôr do sol?

Esse pensamento o preencheu com uma nova raiva, mais irrequieta. Por que cada nova questão arruinava as respostas que a precediam?

Ele pensou sobre isso enquanto tomava uma lata de suco de tomate, encontrada no supermercado logo atrás de onde tinha estacionado.

Como ele iria saber? Não podia simplesmente esperar por ali com a mulher até o crepúsculo chegar.

Leve-a pra casa com você, idiota.

Ele fechou novamente os olhos e sentiu um calafrio de irritação passar por sua espinha. Hoje ele não estava conseguindo encontrar as respostas mais óbvias. Agora, precisava voltar e encontrá-la, e ele não tinha nem mesmo certeza de em que casa tinha sido.

Ligou o motor e afastou-se do estacionamento, olhando para o relógio. Três da tarde. Tempo de sobra para voltar, antes de eles chegarem. Ele apertou o pé no acelerador e o veículo continuou a se mover, agora mais depressa.

Demorou cerca de meia hora para que ele pudesse reencontrar a casa. A mulher continuava na mesma posição, na calçada. Colocando as luvas, Neville abaixou a porta traseira do jipe e andou até a mulher. Enquanto andava, prestou atenção aos contornos dela. Não, nem começa de novo, pelo amor de Deus.

Arrastou a mulher de volta para a traseira do carro e a jogou lá. Então, fechou a porta e tirou as luvas. Levantou o relógio e checou o horário. Três da tarde. Tempo de sobra pa... Ele chacoalhou o relógio e o segurou contra o ouvido, com o coração disparando subitamente.

O relógio havia parado.

5

Os dedos dele tremiam enquanto girava a chave na ignição. As mãos se agarravam com firmeza ao volante, enquanto ele fazia uma curva fechada e começava a voltar para Gardena.

Como ele tinha sido idiota! Devia ter levado pelo menos uma hora para chegar ao cemitério. Depois, provavelmente ficou na cripta por horas. E ir pegar aquela mulher. Ir ao supermercado, tomar o suco de tomate, voltar para pegar a mulher novamente.

Que horas eram *agora*?

Idiota! Um temor gélido se derramou por suas veias quando pensou em todos eles em sua casa, esperando. Ah, meu Deus, e ele tinha deixado a porta da garagem aberta! A gasolina, o equipamento... *o gerador*!

Um gemido espontâneo irrompeu por sua garganta enquanto ele pisava fundo no pedal da direita e o pequeno jipe saltava à frente, com o ponteiro do velocímetro tremendo, para então se mover com mais estabilidade pela marca dos 100, dos 110, dos 120. E se eles já estivessem esperando por ele? Como ele poderia entrar na casa?

Forçou-se a ficar calmo. Ele não deveria desmoronar; tinha de se manter sob controle. Ele iria entrar. Não se preocupe, você vai entrar, disse a si mesmo. Mas ele não via como.

Passou uma das mãos pelos cabelos, nervoso. Isso é ótimo, ótimo, comentou sua consciência. Você passa por todos esses problemas para preservar sua existência e daí, um dia, você simplesmente não chega na hora. Cala a boca!, pensou, e sua mente voltou ao normal. Mas ele poderia condenar-se a si mesmo por ter se esquecido de dar corda no relógio na noite anterior. Nem se incomode em se torturar, ponderou sua consciência, eles vão ficar felizes em fazer isso por você. Subitamente, percebeu que estava enfraquecido pela fome. A pequena porção de carne enlatada que comera, junto com o suco de tomate, não haviam adiantado nada para aliviar a fome.

As ruas silenciosas passaram voando, e ele continuava olhando para os lados, para ver se algum deles aparecia nos vãos das portas. Tinha a impressão de que já estava ficando escuro, mas podia ser apenas impressão. Não podia ser tão tarde, não podia.

Ele fazia uma curva violenta, na esquina da Western com a Compton, quando viu o homem sair correndo de um edifício e gritar com ele. Seu coração se contraiu como um punho gelado, enquanto o grito do homem tremulava no ar por trás do carro.

Ele não conseguia mais acelerar o jipe. E agora sua mente começava a torturá-lo com visões de um dos pneus estourando, do veículo perdendo o controle, invadindo o meio-fio e batendo em uma casa. Seus lábios começaram a tremer e ele os pressionou um contra o outro, para que parassem. Sentia dormência em suas mãos, presas ao volante.

Teve de diminuir a velocidade na esquina da Cimarron. Ele viu, pelo canto de um olho, um homem vindo, correndo para fora de uma casa e começando a perseguir o carro.

E então, assim que dobrou a esquina cantando os pneus, não pôde segurar seu espanto.

Todos eles estavam em frente a sua casa, esperando por ele.

Um som disforme de terror preencheu sua garganta. Ele não queria morrer. Até já havia pensado nisso, ponderado sobre isso. Mas ele não queria morrer. Não *assim*.

Ele viu todos eles virarem o rosto pálido em direção ao som do motor. Mais alguns saíram correndo da garagem aberta, e os dentes de Robert rangeram em uma fúria impotente. Que jeito estúpido e ridículo de morrer!

Ele os viu disparando em direção ao jipe, e mais uma fila deles do outro lado da rua. Naquele momento, soube que não podia parar. Pisou no acelerador e, em um instante, o carro estava passando por cima deles, jogando três para fora de seu caminho, como se fossem pinos de boliche. Sentiu o chassi do jipe sacudindo ao atingir os corpos. Os rostos brancos e penetrantes cintilavam pelo vidro, e os gritos eram de gelar o sangue.

Eles ficaram para trás, e Neville viu pelo retrovisor que todos o estavam perseguindo. Uma ideia inesperada instalou-se em sua mente e, de impulso, ele desacelerou, quase freando, até que a velocidade do carro baixasse para cinquenta, depois trinta quilômetros por hora.

Olhou para trás e viu que eles o alcançavam, viu seus rostos branco-acinzentados se aproximando, e seus olhos negros estavam fixos em seu carro, fixos *nele*.

De súbito, contraiu-se horrorizado ao ouvir um rosnado por perto e, quando virou a cabeça, percebeu o rosto ensandecido de Ben Cortman ao lado do carro.

Instintivamente, o pé afundou no pedal da direita, mas o outro pé escorregou na embreagem e, com um solavanco, o jipe deu um pulo para a frente e morreu.

O suor brotava de sua testa enquanto ele se atirava febrilmente para a frente, para dar a partida. Ben Cortman enfiou as unhas em Neville.

Com um rosnado, ele empurrou a mão branca e fria para o lado.

– Neville, Neville!

Ben Cortman o alcançou novamente, com as mãos que eram como garras feitas de gelo. Mais uma vez, Neville empurrou a mão e deu um murro no botão de partida, enquanto seu corpo tremia, impotente. Atrás de si, podia ouvir todos eles gritando com entusiasmo, à medida que se aproximavam do carro.

O motor engasgou e voltou a funcionar, ao mesmo tempo que sentiu as unhas compridas de Ben Cortman alisarem seu rosto.

– Neville!

O medo fez que sua mão se fechasse em um punho rígido, o qual ele arremessou em direção ao rosto que estava a seu lado. Cortman bambeou e caiu no asfalto, enquanto o motor finalmente pegava e o jipe arrancava para a frente, ganhando velocidade. Um dos outros conseguiu chegar e se agarrar à traseira do carro. Ele se segurou firme por um minuto e Neville pôde ver sua cara cinzenta olhando fixamente, de um jeito insano, através do vidro traseiro. Então, Robert lançou o carro sobre o meio-fio, mudou de direção bruscamente e livrou-se dele. O homem voou e atravessou um gramado, com os braços para a frente, acertando em cheio a lateral de uma casa.

O coração de Robert Neville estava batendo tão forte agora que parecia prestes a sair do peito. A respiração o estremecia por inteiro, e seu corpo parecia entorpecido e frio. Ele sentiu gotas de sangue em seu rosto, mas não havia dor. Limpou tudo rapidamente, com uma mão trêmula.

Então, rodou na esquina, virando o jipe para a direita. Continuou olhando para o retrovisor, depois para a frente. Passou pela pequena quadra até a rua Haas e virou novamente à direita. E se eles cortassem caminho pelos quintais e bloqueassem sua passagem?

Reduziu um pouco até que chegassem em bando à esquina, como uma matilha de lobos. Então, pisou fundo no acelerador. Ele tinha de correr o risco, acreditar que todos o seguiriam. Será que algum deles seria capaz de adivinhar o que ele estava tentando fazer?

Meteu o pé no pedal e o jipe seguiu em frente, continuando a contornar o quarteirão. Foi até a esquina a oitenta por hora, acelerando na pequena quadra até a Cimarron e virando novamente à direita.

Prendeu a respiração. Não parecia haver nenhum deles em seu gramado. Então, ainda existia uma chance. Pensou que teria de abandonar o jipe: não dava tempo de colocá-lo na garagem.

Jogou o veículo na calçada e empurrou a porta. Enquanto contornava o carro, ouviu os gritos crescentes aproximando-se, vindos da esquina.

Ele tinha de se arriscar e tentar fechar a garagem. Se não o fizesse, eles poderiam destruir o gerador; de certo ainda não haviam tido tempo suficiente para fazer isso. Caminhou resoluto rumo à entrada da garagem.

– Neville!

Seu corpo recuou quando Cortman saiu da escuridão da garagem.

O corpo de Cortman foi de encontro ao de Neville, que quase foi ao chão. Ele sentiu as mãos frias e poderosas apertando sua garganta e o hálito fétido que cobria seu rosto. Os dois foram cambaleando de volta para a calçada, e aquela boca com presas brancas foi projetada até a garganta de Robert Neville.

Ele ergueu bruscamente a mão direita e a sentiu atingir a garganta de Cortman. Ouviu o som do engasgar vindo do pescoço. Do outro lado do quarteirão, na esquina, o primeiro deles já vinha correndo e gritando.

Com um movimento violento, Robert Neville agarrou Cortman pelo cabelo comprido e oleoso e o arremessou pela entrada da garagem, até que a cabeça dele se chocasse com a lateral do jipe.

Os olhos de Robert Neville lampejaram em direção à rua. Não havia tempo para a garagem! Correu em volta da casa, até a varanda.

Ele derrapou de repente, até parar. Meu Deus, as chaves!

Inspirando o ar em puro terror, ele se virou e correu de volta para o carro. Cortman veio a seu encontro, soltando um grunhido gutural. Neville investiu o joelho contra o rosto pálido de Cortman, jogando-o para trás, na calçada. Depois, lançou-se até o carro e arrancou o chaveiro para fora do contato.

Ao sair de volta do veículo, o primeiro deles chegou, saltando sobre Neville.

Ele se jogou de volta ao banco do carro e o homem tropeçou sobre suas pernas, estatelando-se com força na calçada. Robert Neville disparou para fora, atravessou o gramado e saltou até a varanda.

Ele teve de parar para procurar a chave certa, e, enquanto isso, outro homem surgiu, saltando da escadaria da varanda. Neville foi lançado contra a casa devido ao impacto de seu corpo. O bafo de sangue quente e espesso estava perto dele outra vez, e a boca arreganhada atacava seu pescoço. Ele deu uma joelhada na virilha do homem e, em seguida, apoiando seu peso contra a casa, levantou bem alto o pé e empurrou o sujeito, encurvado pela dor, para longe, por cima de outro homem que vinha correndo pelo gramado.

Neville correu para a porta e a destrancou. Ele a abriu com um empurrão, escorregou para dentro e se virou. Ao fechar a porta com força, prendeu um braço que se atirava contra a abertura. Forçou todo o seu peso sobre ele, até ouvir ossos estalando. Então, abriu uma pequena fresta, empurrou o braço quebrado para fora e bateu a porta. Com as mãos trêmulas, colocou a barra da tranca no lugar.

Afundou lentamente no chão e caiu de costas. Ficou ali deitado, no escuro; seu peito ofegava, e suas pernas e seus braços pareciam membros mortos no assoalho. Eles uivavam e esmurravam a porta do lado de fora, gritando seu nome em um paroxismo de fúria demente. Apanharam tijolos e pedras e arremessaram contra a casa. Eles berravam e xingavam. Ele ficou ali, ouvindo o baque das pedras e dos tijolos jogados em direção à casa, ouvindo o uivo deles.

Após algum tempo, ele se esforçou para chegar até o bar. Metade do uísque que ele serviu derramou no tapete. Bebeu o conteúdo do copo e parou, sentindo calafrios, apoiando-se no bar para amparar suas pernas trôpegas, com a garganta apertada e abalada e os lábios tremendo sem controle.

O calor da bebida aos poucos se expandiu em seu estômago e alcançou seu corpo. Sua respiração ficou mais calma, e seu peito parou de arfar.

Ele se assustou ao ouvir o grande estrondo vindo do lado de fora.

Correu até a porta e olhou pelo olho mágico. Rangeu os dentes enquanto uma explosão de raiva preenchia seu corpo, ao ver o jipe tombado de lado e os homens estilhaçando o para-brisa com tijolos e pedras, rasgando o teto e quebrando o motor com golpes de porrete, riscando o chassi com seus talhos frenéticos. Olhando para fora, sentiu a fúria escorrendo nele como uma corrente de ácido quente, e palavrões interrompidos entalavam em sua garganta, enquanto suas mãos se apertavam em grandes punhos pálidos a seu lado.

Virando-se subitamente, andou até a luminária e tentou acendê-la. Não funcionou. Virou-se num rosnado e correu até a cozinha. O refrigerador estava desligado. Correu de um quarto escuro até o outro. O congelador estava desligado; toda a comida iria estragar. Sua casa era uma casa morta.

A fúria explodiu dentro dele. *Chega!*

Suas mãos, paralisadas pela raiva, jogaram as roupas para fora da gaveta da cômoda até que ele encontrasse as pistolas carregadas.

Correndo pela sala escura, arrancou a barra que trespassava a porta, jogando-a ruidosamente no chão. Lá fora, eles uivaram assim que o ouviram abrindo a porta. Eu vou sair, seus desgraçados!, sua mente berrava.

Escancarou a porta e atirou bem na cara do primeiro. O homem girou para fora da varanda e duas mulheres vieram até Neville, em vestidos rasgados e enlameados, com os braços pálidos abertos para envolvê-lo. Viu seus corpos estremecerem quando as balas as atingiram, então as colocou de lado e começou a mirar no meio deles, com um berro selvagem rasgando seus lábios lívidos.

Ele continuou atirando com as pistolas até que ambas estivessem descarregadas. Então, ficou parado na varanda, desferindo golpes ensandecidos, perdendo a cabeça quase por completo quando aqueles mesmos em que ele havia atirado vieram correndo novamente em sua direção. Quando eles arrancaram as armas de sua mão, ele usou os punhos e os cotovelos, deu cabeçadas e os chutou com seus grandes sapatos.

Foi apenas quando a dor ardente de ter o ombro atingido e talhado o abateu que Neville percebeu o que estava fazendo e quão inútil seu ataque tinha sido. Derrubando duas mulheres em um canto, recuou até a porta. Um braço masculino travou em volta de seu pescoço. Ele se inclinou para a frente, flexionando a cintura e fazendo o homem desabar sobre sua cabeça, no meio dos outros. Pulou de volta para a soleira, agarrou os dois lados do batente e projetou as pernas para fora como se fossem pistões, despachando os homens, que caíram de volta na grama.

Em seguida, antes que pudessem pegá-lo novamente, ele bateu a porta na cara deles, trancou, aferrolhou e soltou a barra pesada em seus encaixes.

Robert Neville ficou na escuridão fria de sua casa, ouvindo os vampiros gritarem.

Colocou-se contra a parede, esmurrando lenta e cadenciadamente o gesso. As lágrimas escorriam por suas bochechas barbadas, e sua mão sangrava e pulsava com a dor. Tudo acabou, tudo.

– Virginia – ele soluçou, como uma criança perdida e amedrontada. – Virginia. *Virginia*.

MARÇO DE 1976

6

A casa, enfim, estava habitável outra vez.

Até mais do que antes, na verdade, visto que ele, depois de três dias de trabalho, finalmente havia instalado o isolamento acústico nas paredes. Agora eles podiam gritar e uivar o quanto quisessem, que Neville não teria de ouvi-los. Ele gostava especialmente de não ter mais de ouvir Ben Cortman.

Fazer tudo aquilo tinha tomado tempo e dado bastante trabalho. Primeiro foi o problema de arrumar um carro novo, a fim de substituir aquele que eles haviam destruído. Isso tinha sido mais difícil do que ele imaginara.

Ele tivera de ir a Santa Monica em busca da única loja da Willys da qual ouvira falar. A Rural Willys era o único carro com que ele tinha alguma experiência, e ele não dispunha lá de muito tempo para ficar experimentando. Não podia andar até Santa Monica, então teve de tentar usar um dos muitos carros estacionados na vizinhança. No entanto, a maioria deles não estava funcionando, por um ou outro motivo: bateria descarregada, bomba de combustível entupida, tanque de gasolina vazio, pneus furados.

Enfim, em uma garagem a mais ou menos um quilômetro de sua casa, encontrou um veículo em que pôde dar a partida e dirigiu rapidamente até Santa Monica para escolher outro jipe. Instalou uma bateria nova nele, encheu o tanque, colocou tambores de gasolina na traseira e dirigiu para casa. Voltou para o lar cerca de uma hora antes do entardecer.

Ele se certificou disso.

Por sorte, o gerador não tinha sido destruído. Aparentemente, os vampiros não tinham ideia da importância do objeto para ele, pois, exceto por um fio rompido e alguns golpes de porrete, haviam deixado o equipamento em paz. Ele conseguiu consertá-lo com rapidez na manhã seguinte ao ataque, impedindo que sua comida congelada estragasse. Era grato por isso, pois estava certo de que não restavam mais lugares onde poderia pegar mais comida congelada, agora que a cidade inteira estava sem eletricidade.

De resto, teve de arrumar a garagem e limpar os restos de lâmpadas quebradas, fusíveis, fiação, tomadas, fios de amianto para solda, peças de reposição sobressalentes e uma caixa de sementes que ele colocara ali certa vez; não se lembrava de quando.

A lavadora de roupas havia sido destruída de forma irreparável, forçando-o a trocá-la. Mas isso não foi difícil. O pior foi limpar todo o combustível que eles tinham derramado dos tambores. Eles realmente se superaram derramando a gasolina, pensara, enquanto limpava aquilo, irritado.

Dentro de casa, consertou o gesso rachado e, como incentivo adicional, colocou outro mural na parede, a fim de dar um visual diferente para a sala.

Ele quase se divertiu com todo o trabalho, depois que começou a fazê-lo. Era algo que lhe trazia um pouco de distração, algo em que podia despejar toda a energia de sua fúria ainda pulsante. E tinha quebrado a monotonia de suas tarefas diárias: livrar-se dos corpos, consertar o exterior da residência, pendurar o alho.

Bebeu com moderação durante aqueles dias, a ponto de passar quase o dia inteiro sem uma dose sequer, permitindo que seus drinques noturnos assumissem a função de calmantes para dormir, em vez de uma fuga sem sentido. Seu apetite aumentou, ele engordou quase dois quilos e perdeu um pouco de barriga. Inclusive chegou a dormir noites inteiras, um sono cansado e sem sonhos.

Neville até acalentou a hipótese, por um dia ou dois, de se mudar para alguma suíte suntuosa de hotel. Mas pensar em todo o trabalho que ele teria para que o lugar ficasse habitável o fez mudar de ideia. Não, ele estava muito bem na casa.

Sentou-se na sala de estar, ouvindo a Sinfonia Júpiter de Mozart e imaginando como ele iria começar, *onde* ele iria começar sua investigação.

Conhecia alguns poucos detalhes, mas eram apenas pontos de referência no amplo mapa da situação. A resposta estava em outra coisa. Provavelmente em algum fato do qual já estava ciente, mas que ainda não analisara adequadamente, ou em algum conhecimento óbvio que ele não conectara com o panorama geral.

Mas o quê?

Sentou-se imóvel na poltrona, com um copo transpirando em sua mão direita e os olhos fixos no mural.

Era uma imagem do Canadá: as vastas florestas do norte, misteriosas com suas sombras esverdeadas, permanentemente afastadas e imóveis, densas com o silêncio da natureza intocada. Encarava as profundezas verdes e insondáveis, e se perdia em pensamentos.

Talvez se ele voltasse. Talvez a resposta estivesse enterrada no passado, em alguma fenda obscura da memória. Então volta, disse para sua mente, volta.

Voltar; isso lhe arrancava o coração.

•

Tinha havido outra tempestade de poeira durante a noite. Ventos fortes e turbulentos varreram a casa com cascalho, que era impulsionado até as frestas e peneirado pelos poros do gesso, deixando uma camada fina de pó por toda a superfície dos móveis. O pó foi filtrado até virar uma poeira fina, depositando-se sobre a cama deles, instalando-se em seus cabelos e suas pálpebras e sob suas unhas, entupindo seus poros.

Durante metade da noite ele tinha ficado acordado, tentando distinguir o som da respiração difícil de Virginia. Mas não podia ouvir nada além do som estridente e irritante da tempestade. Por algum tempo, no intervalo entre dormir e acordar, ele experimentou a ilusão de que a casa estava sendo lixada por esmeris gigantes, que seguravam sua estrutura entre superfícies abrasivas monstruosas e faziam-na estremecer.

Ele nunca chegou a se acostumar com as tempestades de poeira. Aquele som sibilante de granulação no redemoinho sempre o deixava muito nervoso. As tempestades nunca eram periódicas o suficiente para que se adaptasse a elas. Sempre que vinham, ele passava a noite em claro, perturbado, e ia para a fábrica no dia seguinte com a mente e o corpo fatigados.

Também havia a preocupação com Virginia.

Por volta das quatro da manhã, ele acordou de um breve momento de sono e percebeu que a tempestade tinha acabado. O contraste fazia do silêncio um estrondo em seus ouvidos.

Enquanto ele se levantava irritado para arrumar o pijama fora do lugar, percebeu que Virginia estava acordada. Estava deitada de barriga para cima, encarando o forro.

– Tá tudo bem? – murmurou, sonolento.

Ela não respondeu.

– Querida?

Seus olhos se moveram devagar até ele.

– Não é nada – disse ela. – Vai dormir.
– Como você tá se sentindo?
– Igual.
– Ah.

Ele ficou lá por um momento, olhando para ela.

– Tá – disse então e, voltando para seu lado, fechou os olhos.

O alarme tocou às seis e meia. Normalmente Virginia apertava o botão de desligar, mas, quando ela não conseguia fazê-lo, ele estendia a mão sobre seu corpo inerte e o desligava para ela. Ela ainda estava de barriga para cima, ainda encarando o teto.

– O que houve? – ele perguntou, preocupado.

Ela olhou para ele e balançou a cabeça no travesseiro.

– Não sei – respondeu. – Eu só não consigo dormir.

– Por quê?

Ela fez um som vago.

– Ainda está se sentindo fraca? – ele perguntou.

Ela tentou se sentar, mas não conseguiu.

– Fique aqui, meu bem – disse ele. Não se mexa. – Ele colocou a mão na testa dela. – Você não está com nada de febre.

– Não me sinto doente – disse ela. – Só... cansada.

– Você parece pálida.

– Eu sei. Eu estou parecendo um fantasma.

– Não se levante – disse ele.

Ela se levantou.

– Eu não vou ficar aqui sendo mimada por você – disse ela. – Vamos lá, vista-se. Eu vou ficar bem.

– Não precisa levantar se você não estiver bem, querida.

Ela acariciou o braço dele e sorriu.

– Eu vou ficar bem – respondeu. – E você, se apronte.

Enquanto se barbeava, ele ouviu o barulho dos chinelos dela se arrastando por trás da porta do banheiro. Abriu a porta e a observou cruzar a sala bem devagar, com o corpo bambeando um pouco dentro do roupão. Ele voltou para o banheiro balançando a cabeça. Ela deveria ter ficado na cama.

Toda a parte superior da pia estava encardida de poeira. Essa coisa maldita estava por toda parte. Ele tinha sido finalmente obrigado a erguer uma barraca sobre a cama de Kathy, para manter o pó longe de seu rosto. Pregou um lado da tenda simples na parede e a deixou inclinada sobre a cama, com o outro lado sustentado por dois mastros amarrados na lateral do leito.

Não conseguiu fazer a barba direito porque havia poeira grossa no creme de barbear, e ele não tinha tempo para passar a espuma uma segunda vez. Lavou o rosto, pegou uma toalha limpa do armário do corredor e se secou.

Antes de ir para o quarto se vestir, deu uma olhada em Kathy.

Ela ainda estava dormindo, com a cabecinha loira imóvel no travesseiro, sua face rosada em um sono pesado. Correu um dedo pelo topo da tenda, e ele ficou acinzentado por causa da poeira. Saiu do quarto balançando a cabeça, aborrecido.

– Queria que essas tempestades malditas acabassem – disse, ao entrar na cozinha, dez minutos depois. – Tenho certeza de que...

Parou de falar. Normalmente ela estava no fogão, virando ovos ou rabanadas ou panquecas, fazendo café. Hoje ela estava sentada à mesa. O café estava passando no fogão, mas nada mais estava sendo preparado.

– Meu bem, se você não está se sentindo bem, volte pra cama – disse para ela. – Eu posso preparar meu próprio café.

– Tá tudo bem – respondeu ela. – Eu estava só descansando. Desculpa. Vou levantar e fritar uns ovos pra você.

– Fique aqui – disse ele. – Não sou um inválido.

Ele foi até a geladeira e abriu a porta.

– Gostaria de saber o que é que está acontecendo por aí – ela disse. – Metade das pessoas do quarteirão pegou, e você disse que mais da metade faltou ao trabalho na fábrica.

– Vai ver é algum tipo de vírus – ele disse.

– Sei lá – respondeu ela, meneando a cabeça.

– Em meio às tempestades e aos mosquitos e a todo mundo ficando doente, a vida está se tornando um saco – ele disse, despejando o suco de laranja da garrafa. – E, falando do diabo... – Ele tirou uma mancha preta do suco de laranja que estava no copo. – Eu nunca vou entender como é que essa coisa entra na geladeira.

– Não precisa colocar para mim, Bob.

– Não quer suco de laranja?

– Não.

– Bom saber.

– Não, obrigada, querido – ela disse, tentando sorrir.

Ele devolveu a garrafa à geladeira e sentou-se em frente a ela com seu copo de suco.

– Você não está sentindo nenhuma dor? Nem dor de cabeça, nada?

Ela balançou lentamente a cabeça.

– Eu queria saber o que está errado – ela disse.

– Ligue para o dr. Busch hoje.

– Vou ligar – ela disse, começando a se levantar. Ele colocou sua mão sobre a dela.

– Não, não, meu bem, fique aqui – disse ele.

– Mas não tem *nenhum* motivo pra eu ficar desse jeito! – Ela parecia zangada. Esse era o jeito dela desde que ele a havia conhecido. Se ficava doente, isso a irritava. Ficava aborrecida com doenças. Parecia considerar isso uma afronta pessoal.

– Vamos lá – disse ele, começando a se levantar. – Eu vou ajudar você a voltar para a cama.

– Não, me deixe sentar aqui com você – disse ela. – Vou voltar para a cama depois que a Kathy for pra escola.

– Tá bem. Então você não quer nada?

– Não quero.

– Que tal um café? – ele perguntou. Ela meneou a cabeça. – Você vai acabar ficando doente de verdade se não comer – disse ele.

– Eu só não estou com fome.

Ele terminou seu suco e foi fritar os ovos. Quebrou-os na lateral da frigideira de aço e verteu o conteúdo sobre a gordura derretida do bacon. Pegou o pão na gaveta e voltou para a mesa com ele.

– Aqui, deixa eu colocar na torradeira – disse Virginia. – Você cuida do... Ai, meu Deus.

– O que foi?

Ela balançou uma das mãos sem força em frente do rosto.

– Um mosquito – disse ela, fazendo uma careta.

Ele se aproximou e, depois de um instante, o amassou com as palmas das mãos.

– Mosquitos – disse ela. – Moscas, pulgas.

– Estamos entrando na era dos insetos – respondeu ele.

– Isso não é bom – continuou ela. – Eles trazem doenças. Deveríamos colocar uma rede em torno da cama da Kathy, também.

– Eu sei, eu sei – disse ele, voltando para o fogão e inclinando a frigideira para que a gordura passasse sobre a superfície branca do ovo. – Eu estava pensando nisso.

– Também não acho que esse repelente esteja dando certo – disse Virginia.

– Não está?

– Não.

– Meu Deus, e era para ser um dos melhores do mercado. – Ele deslizou os ovos para um prato. – Tem certeza de que não quer um pouco de café? – perguntou para ela.

– Não, obrigada.

Sentou-se, e ela lhe passou a torrada com manteiga.

– Tomara mesmo que não estejamos criando uma raça de superinsetos – disse ele. – Você se lembra daquela linhagem de gafanhotos gigantes que eles acharam no Colorado?

– Lembro.

– Vai ver os insetos estão... Como é mesmo o termo? Sofrendo mutações.

– Como assim?

– Ah, quero dizer que eles podem estar... *mudando*. Do nada. Pulando dúzias de estágios evolucionários, talvez se desenvolvendo por caminhos evolutivos que poderiam não necessariamente ter seguido se não fosse por...

Silêncio.

– Pelos bombardeios? – perguntou ela.

– Talvez – disse ele.

– Bom, eles foram a causa das tempestades de poeira. Provavelmente foram a causa de um monte de coisas. – Ela suspirou, fatigada, e meneou a cabeça. – E eles dizem que vencemos a guerra – continuou ela.

– Ninguém venceu.

– Foram os mosquitos que venceram.

Ela sorriu de leve.

– Acho que venceram – disse ele.

Eles ficaram sentados por alguns momentos sem conversar, e o único som na cozinha era o tinir do garfo no prato e o da xícara no pires.

– Você deu uma olhada na Kathy noite passada? – perguntou ela.

– Acabei de checar, agorinha. Parece que ela está bem.

– Que bom. – Ela olhou detidamente para ele. – Bob, eu estava pensando – ela disse. – Talvez a gente devesse mandá-la para o leste com sua mãe até eu ficar melhor. Isso pode ser contagioso.

– Nós podemos fazer isso – respondeu ele, em dúvida. – Mas, se for contagioso, a casa de minha mãe não seria mais segura que aqui.

– Você acha? – perguntou ela. Parecia preocupada.

Ele deu de ombros.

– Sei lá, meu bem. Acho que provavelmente ela está segura aqui. Se começar a ficar ruim na vizinhança, nós a tiramos da escola.

Ela começou a dizer algo, mas parou.

– Tá certo – disse ela, enfim.

Ele olhou para o relógio e disse:

– É melhor eu terminar.

Ela concordou, e Neville comeu o resto de seu café da manhã rapidamente. Enquanto ele sorvia a xícara de café, ela perguntou se ele tinha comprado o jornal na noite anterior.

– Está na sala – respondeu ele.

– Alguma novidade?

– Não. A mesma coisa de sempre. Está por todo o país, um pouquinho aqui, um pouquinho ali. Eles ainda não foram capazes de isolar o germe.

Virginia mordeu o lábio inferior.

– Ninguém sabe o que é?

– Eu duvido que saibam. A esta altura, se alguém soubesse, certamente já teriam dito.

– Mas eles devem saber de *alguma* coisa.

– Todo mundo sabe de uma ou outra coisa. Mas nada foi muito útil.

– O que eles dizem?

Ele deu de ombros.
— De tudo, de armas biológicas para baixo.
— Você acha que é isso?
— Armas biológicas?
— É.
— A guerra acabou — respondeu ele.
— Bob — disse ela de repente —, você acha que deve ir mesmo trabalhar?
Ele sorriu, impotente.
— O que eu posso fazer? — perguntou. — Nós temos de comer.
— Eu sei, mas...
Ele estendeu a mão por sobre a mesa e sentiu quão fria estava a mão de Virginia.
— Querida, eu vou ficar bem — disse ele.
— E você acha que eu devo mandar Kathy para a escola?
— Eu acho — respondeu ele. — A não ser que as autoridades sanitárias digam que as escolas devem ser fechadas, eu não vejo por que mantê-la em casa. Ela não está doente.
— Mas todas aquelas crianças na escola...
— Ainda assim, acho que seria melhor.
Ela fez um ruído sutil com a garganta. Então, disse:
— Tudo bem. Se você acha.
— Tem algo de que você precise antes de eu ir?
Ela negou com a cabeça.
— Então você fica em casa hoje — disse ele —, e na cama.
— Eu fico — respondeu ela. — Assim que eu despachar Kathy.

Ele afagou a mão dela. Lá fora, a buzina do carro soou. Neville terminou o café e foi para o banheiro enxaguar a boca. Depois, tirou o casaco do armário do corredor e o vestiu.

– Tchau, tchau, querida – disse, beijando-a no rosto. – E vai com calma, agora.

– Tchau, tchau – disse ela. – Se cuida.

Ele se moveu pelo gramado em frente à casa, rangendo os dentes por causa do resíduo de poeira no ar. Ele podia senti-lo enquanto caminhava, uma sensação seca de cócegas nas vias nasais.

– Dia! – disse ele, entrando no carro e puxando a porta de seu lado, para fechá-la.

– Bom dia! – disse Ben Cortman.

7

"Destilado de *Allium sativum*, um gênero da família Liliaceae que compreende o alho, o alho-poró, a cebola, a chalota e a cebolinha. É de cor pálida e odor penetrante, contendo diversos sulfetos do grupo alilo. Composição: água, 64,6%; proteína, 6,8%; gorduras, 0,1%; carboidratos, 26,3%; fibras, 0,8%; cinzas, 1,8%."

Lá estava ele. Agitou superficialmente um dos dentes de alho rosados e de textura resistente na palma da mão direita. Nos últimos sete meses ele os vinha juntando em colares aromáticos e os pendurava do lado de fora de sua casa, sem a menor ideia de por que isso afugentava os vampiros. Já era hora de aprender o motivo.

Ele colocou o dente na borda da pia. Alho-poró, cebola, chalota e cebolinha. Todos eles funcionariam tão bem quanto o alho? Ele se sentiria um idiota de verdade se funcionassem, depois de ficar procurando por quilômetros pelo alho, enquanto cebolas estavam por toda parte.

Neville amassou o dente até que virasse uma polpa e cheirou o fluido acre na lâmina grossa do cutelo.

Ok, e agora? O passado não revelara nada que o ajudasse; apenas conversas sobre insetos vetores e vírus, e eles não eram as causas. Ele tinha certeza disso.

O passado havia trazido algo mais, no entanto: a dor da lembrança. Cada palavra rememorada era como a lâmina de uma faca torcendo-se dentro dele. Feridas antigas eram reabertas a cada pensamento dela. Uma hora ele teve de parar, de olhos fechados e punhos cerrados, tentando desesperadamente aceitar o presente em seus próprios termos, e não com o corpo todo ansiando pelo passado. Apenas drinques, na quantidade certa, neutralizavam momentos de introspecção como aquele e conseguiam afastar a tristeza enervante que essa lembrança lhe trazia.

Focou o olhar. Tá certo, porra, ele pensou, *faça* alguma coisa!

Olhou novamente para o texto. Água... Seria isso?, perguntou-se. Não, aquilo era ridículo; todas as coisas contêm água. Proteína? Não. Gorduras? Não. Carboidratos? Não. Fibras? Não. Cinzas? Não. Então o quê?

"O odor e o sabor característicos do alho se devem à quantidade de óleo volátil equivalente a cerca de 0,2% de seu peso e composto predominantemente de sulfeto de alilo e isotiocianato de alila."

Talvez a resposta estivesse aí.

Novamente o livro: "O sulfeto de alilo pode ser preparado ao se aquecer óleo de mostarda com sulfeto de potássio à temperatura de 100 graus".

Seu corpo caiu na poltrona da sala de estar e um suspiro de desgosto estremeceu sua grande estrutura física. E onde diabos eu vou arranjar óleo de mostarda e sulfeto de potássio? *E o equipamento para prepará-los?*

Isso é ótimo!, ralhou consigo mesmo. Apenas a primeira etapa, e você fracassa logo de cara.

Ele se ergueu desgostoso e foi até o bar. Mas, a meio caminho de entornar uma bebida, fechou a garrafa. Não, pelo amor de Deus, ele não tinha a intenção de seguir como se fosse cego, arrastando-se a caminho de uma existência infrutífera e insensata até que a velhice ou um acidente o levasse. Ou ele encontrava uma resposta ou desistia de toda essa confusão, incluindo a própria vida.

Conferiu o relógio. Dez e vinte da manhã; tinha tempo. Deslocou-se resoluto até o hall de entrada e procurou nas listas telefônicas. Existia um lugar, em Inglewood.

Quatro horas depois, ele se levantava da bancada de trabalho com um torcicolo e o sulfeto de alilo dentro de uma seringa hipodérmica, sentindo pela primeira vez, desde que seu isolamento forçado começara, ter alcançado um sucesso verdadeiro.

Um pouco ansioso, correu para o carro e dirigiu até a área que havia esvaziado e marcado com giz.

Sabia que era mais que possível que alguns vampiros tivessem vagado até a área demarcada e estivessem se escondendo novamente por lá. Mas ele não tinha tempo para ficar procurando.

Estacionou o carro, entrou em uma casa e andou até o quarto. Uma mulher jovem estava lá, com uma camada de sangue na boca.

Virando-a, Neville levantou sua saia e injetou o sulfeto de alilo na nádega macia e carnuda, mudando-a de posição mais uma vez e, então, afastando-se. Ele aguardou ali por meia hora, observando.

Não aconteceu nada.

Isso não faz sentido, pensava. Eu penduro alho em volta da casa e os vampiros não chegam perto. E a característica do alho é justamente o óleo que eu injetei nela. Mas não está acontecendo nada.

Porra, não está acontecendo nada!

Arremessou a seringa no chão e, tremendo de ódio e frustração, voltou para casa. Antes de escurecer, construiu uma pequena estrutura de madeira no gramado da frente e pendurou correntes de cebolas nela. Passou uma noite apática, e apenas a consciência de que ainda havia muito a ser feito o deixava longe da bebida.

Saiu pela manhã e olhou para os pedaços de madeira em seu gramado.

•

A cruz. Segurava uma nas mãos, dourada e brilhante ao sol da manhã. Isso também afastava os vampiros.

Por quê? Existiria uma resposta lógica, algo que ele poderia aceitar sem que fosse obviamente um erro ou, então, misticismo?

Só havia um jeito de descobrir.

Ele tirou a mulher da cama, fingindo não prestar atenção à questão que rondava sua mente: por que você sempre experimenta em mulheres? Preferia não admitir que a ideia tinha certa validade. Aconteceu de ela ser a primeira deles com que deparara, apenas isso. Mas e quanto ao homem na sala? Pelo amor de Deus!, inflamou-se. Eu não vou estuprar a mulher!

Cruzando os dedos, Neville? Batendo na madeira?

Ignorou isso, começando a suspeitar de que sua cabeça estaria abrigando um estranho. Antigamente, poderia ter chamado aquilo de consciência. Agora, era apenas um incômodo. Afinal, a moralidade tinha ruído junto com a sociedade. Ele tinha sua própria ética.

Isso é até uma boa desculpa, não é, Neville? Ah, cala a boca!

Mas ele não se permitiria passar a tarde próximo dela. Depois de amarrá-la a uma cadeira, ele se isolou na garagem e ficou à toa no carro. Ela estava usando um vestido preto rasgado e dava para ver muita coisa quando ela respirava. O que os olhos não veem, o coração não sente... Era uma mentira, ele sabia, mas não iria admitir isso para si mesmo.

Misericordiosamente, a noite chegou. Ele trancou a porta da garagem, voltou para a casa e trancou a porta da frente, atravessando a barra pesada por trás dela. Então, preparou um drinque e sentou-se no sofá, em frente à mulher.

Bem diante do rosto dela, uma cruz pendia do teto.

Às seis e meia os olhos da mulher se abriram. Subitamente, como se abrem os olhos de alguém que cochila quando tem um trabalho urgente para fazer; eles não se moveram de forma vaga em direção ao despertar, mas em um movimento único e nítido, sabendo o que devia ser feito.

Então, ela viu a cruz e desviou o olhar com um arfar repentino, enquanto seu corpo se remexia na cadeira.

– Do que você está com medo? – perguntou Robert, assustado com o som de sua voz após tanto tempo.

Os olhos dela, repentinamente nele, o fizeram tremer. O modo como brilhavam, o modo como sua língua lambia os lábios vermelhos como se o órgão tivesse vida própria. O modo com que ela flexionava o corpo, como se tentasse movê-lo para perto de Neville. Um estrondo gutural preencheu sua garganta como o som de um cachorro que defende seu osso.

– A cruz? – perguntou ele, nervoso. – Por que está com medo dela?

Ela puxava as amarras com força, com as mãos esquadrinhando as laterais da cadeira. Ela não proferia palavras, apenas uma sucessão de murmúrios ásperos e ofegantes. Seu corpo se contorcia na cadeira, seus olhos queimavam em direção a ele.

– A cruz! – retrucou Neville, com raiva.

Ele estava de pé; seu copo caiu e espatifou-se no tapete. Neville agarrou a corda com os dedos tensionados e balançou a cruz diante dos olhos dela, que atirou a cabeça para longe com um rosnar assustado enquanto recuava na cadeira.

– Olhe para ela! – gritou ele.

Um som como um ganido acometido de terror veio dela. Seus olhos percorreram freneticamente a sala: grandes olhos brancos com pupilas iguais a manchas de fuligem.

Ele a agarrou pelo ombro, depois puxou a mão com violência. Sangue escorria de feridas em carne viva, causadas pelos dentes dela.

Os músculos do estômago de Robert estremeceram. A mão atacou novamente, dessa vez acertando-a na bochecha e impulsionando a cabeça para o lado.

Dez minutos mais tarde, ele arremessou o corpo dela pela porta da frente, fechando-a em seguida na cara de todos eles. Depois ficou ali, respirando pesadamente contra a porta. Ele ouviu debilmente, através do isolamento acústico, o som que eles faziam enquanto brigavam pelas sobras, como chacais.

Então, foi ao banheiro e derramou álcool nas feridas feitas pelos dentes dela, apreciando intensamente a dor lancinante em seu corpo.

8

Neville inclinou-se para pegar um pouco de terra com a mão direita. Deixou que a terra escorresse por entre seus dedos, esmigalhando os caroços negros em partículas mais finas. Quantos deles, imaginou, dormiam sob a terra, como a história costumava contar?

Balançou a cabeça. Muito poucos.

Onde a lenda se encaixava, então?

Fechou os olhos, deixando o pó passar lentamente por sua mão. Existia alguma resposta? Se ele ao menos conseguisse lembrar se aqueles que haviam dormido na terra eram os que tinham voltado dos mortos... Então ele poderia formular uma teoria.

Mas ele não era capaz de se lembrar. Mais uma pergunta sem resposta, então. Some essa a uma outra, na qual ele pensara por toda a noite.

O que um vampiro muçulmano faria se ficasse diante de uma cruz?

O som animalesco de sua risada no ar silencioso da manhã o surpreendeu. Meu Deus do céu, pensou, faz tanto tempo desde que eu ri pela última vez, até já me esqueci de quando foi. A risada soava como a tosse de um cão de caça doente. Bom, no fim das contas, é isso o que eu sou, não é? Um cachorro muito doente.

Por volta das quatro horas daquela manhã, viera uma leve tempestade de poeira. Era estranho como isso havia trazido tantas memórias à tona. Virginia, Kathy, todos aqueles dias horríveis...

Ele se conteve. Não, *não*, era perigoso ficar ali. Ficar ali, pensando no passado, foi o que o levara à bebida. Ele tinha de aceitar o presente.

Mais uma vez, pegou-se imaginando por que decidira continuar vivendo. Provavelmente, pensou, não existia uma razão de verdade. Eu sou muito estúpido pra acabar com tudo, só isso.

Bom, disse a si mesmo, batendo as palmas das mãos, fingindo decisão, e agora? Olhou ao redor, como se houvesse algo para ser visto ao longo da imobilidade da rua Cimarron.

Muito bem, decidiu impulsivamente, vamos ver se a hipótese da água corrente faz sentido.

Ele enterrou uma mangueira no chão, passando-a, então, por um pequena calha de madeira. A água corria pela calha e dava em outro buraco com mais mangueiras, que conduziam a água para dentro da terra.

Quando acabou, ele entrou, tomou um banho, fez a barba e tirou o curativo da mão. A ferida tinha cicatrizado bem. Mas, àquela altura, ele não estava mais muito preocupado com isso. O tempo já tinha provado que ele era imune à infecção.

Neville foi para a sala de estar às seis e vinte da tarde e ficou atrás do olho mágico. Esticou-se um pouco, gemendo com a dor em seus músculos. E então, como nada acontecia, preparou um drinque.

Quando voltou para a porta, viu Ben Cortman caminhar para o gramado.

– Sai, Neville... – murmurou Robert Neville, e Ben Cortman ecoou as palavras em um grito estridente.

Neville ficou ali parado, olhando para Ben Cortman. Ben não tinha mudado muito. Seu cabelo ainda era preto, seu corpo tendia para a corpulência, seu rosto continuava branco. Mas agora havia uma barba em seu rosto, mais cerrada abaixo do nariz e mais fina em torno do queixo e das bochechas e no pescoço. No entanto, essa era realmente a única diferença. Nos velhos tempos, Ben sempre tivera um barbear imaculado. Ele cheirava a colônia todas as manhãs, quando pegava Neville para irem até a fábrica.

Era estranho ficar ali, olhando para Ben Cortman; um Ben, agora, completamente estranho para Neville. Antes, ele conversava com aquele homem, ia para o trabalho com ele, falava sobre carros, beisebol e política com ele. Depois conversavam sobre a doença, sobre como Virginia e Kathy estavam lidando com isso, sobre como Freda Cortman estava passando. Sobre...

Neville balançou a cabeça. Não havia sentido em continuar pensando naquilo. O passado estava morto, como Cortman.

Balançou a cabeça outra vez. O mundo ficou louco, pensou. Os mortos andam por aí e eu acho isso normal.

A volta dos cadáveres tinha se banalizado. Com que rapidez se aceita o inacreditável, depois que se vê o suficiente!

Neville ficou parado, bebericando seu uísque e se perguntando com quem Ben se parecia. Sentiu por muito tempo que Cortman o lembrava alguém, mas, mesmo se esforçando muito, não podia imaginar quem seria.

Deu de ombros. Que diferença aquilo fazia?

Colocou o copo no parapeito da janela e foi até a cozinha. Ligou a água e voltou. Quando chegou à porta, viu pelo olho mágico outro homem e outra mulher no gramado. Nenhum dos três parecia estar conversando com os outros. Eles nunca conversavam entre si. Eles andavam e perambulavam com os pés inquietos, circulando um ao outro como lobos, nunca se olhando, nenhuma vez, sempre mantendo seus olhos famintos apenas na casa e na presa dentro dela.

Então, Cortman viu a água correndo pela calha e desceu para olhar. Depois de um momento, ergueu o rosto pálido e Neville o viu sorrindo.

Neville enrijeceu.

Cortman estava saltando por cima da calha, para pular de novo em seguida. Neville sentiu sua garganta apertar. O canalha sabia!

Neville andou, com as pernas rígidas como pistões, até o quarto e, com as mãos trêmulas, puxou uma das pistolas da gaveta da cômoda.

Cortman estava prestes a golpear as laterais da calha quando a bala o atingiu em seu ombro esquerdo. Resmungando, ele cambaleou para trás e prostrou-se na calçada, com as pernas para o alto. Neville atirou de novo e a bala zuniu no cimento, a centímetros do corpo contorcido de Cortman.

O vizinho começou a rosnar e a terceira bala o atingiu em cheio no peito.

Neville ficou ali assistindo, cheirando o vapor acre da fumaça da pistola. Então, uma mulher bloqueou a visão que ele tinha de Cortman e começou a sacudir seu vestido.

Neville se afastou e bateu com força a portinha que havia sobre o olho mágico. Ele não iria se permitir olhar para aquilo. Desde o primeiro segundo, ele já tinha sentido aquele calor terrível subindo de seus quadris, como uma coisa faminta.

Ele olhou novamente para fora mais tarde e viu Ben Cortman passeando ao redor da casa, chamando-o para sair.

E, de súbito, à luz da lua, percebeu com quem Cortman se parecia. A ideia fez seu peito estremecer com uma gargalhada reprimida, e ele se afastou da porta assim que o tremor alcançou seus ombros.

Meu Deus... *Oliver Hardy*! Aqueles velhos curta-metragens a que ele assistia com seu projetor! Cortman era quase um sósia do comediante rechonchudo. Um pouco menos roliço, só isso. Agora, até mesmo o bigode estava lá.

Oliver Hardy caindo de costas com o impacto das balas. Oliver Hardy sempre voltando para mais, acontecesse o que acontecesse. Rasgado por balas, furado por facas, atropelado por carros, esmagado sob chaminés e barcos em colapso, submerso na água, arremessado por canos. E ele sempre retornava, paciente e machucado. Eis quem Ben Cortman era: um Oliver Hardy medonho e maligno, ferido e resignado.

Meu Deus, isso era hilário!

Não podia mais parar de rir, porque era mais do que uma gargalhada; era uma libertação. Lágrimas escorriam por seu rosto. O copo em sua mão balançou tanto que ele derramou a bebida, e isso o fez rir ainda mais. Então, o copo caiu, batendo no tapete enquanto seu corpo estremecia com espasmos de diversão incontrolável e a sala era preenchida com seu riso ofegante e enlouquecido.

Depois, ele chorou.

•

Ele já acertou no estômago, no ombro. No pescoço, com um único golpe de marreta. Nas pernas e nos braços, sempre com o mesmo resultado: o sangue pulsando para fora, lustroso e vermelho, sobre a pele branca.

Pensou que tinha encontrado a resposta. Era uma questão de perda do sangue pelo qual viviam; era a hemorragia.

Mas então lembrou-se da mulher na casinha verde e branca e de como, quando ele enfiara a estaca, a dissolução tinha sido tão repentina que o fizera cambalear para longe e desperdiçar seu café da manhã. Quando havia se recuperado o bastante para olhar de novo, vira na colcha o que parecia mais uma carreira de sal e pimenta misturados, mais ou menos do mesmo comprimento que a mulher tinha. Fora a primeira vez que vira algo assim. Abalado pela cena, saíra da casa com as pernas bambas e permanecera sentado no carro por uma hora, bebendo até o cantil esvaziar. Mas mesmo a bebida não fora capaz de afastar aquela visão.

Havia sido tão *rápido*. Com o som do golpe da marreta batendo na estaca ainda em seus ouvidos, ela se dissolvera quase completamente diante de seus olhos.

Ele se lembrou de uma vez ter conversado com um negro na fábrica. O homem tinha estudado ciência mortuária e contara a Neville a respeito de mausoléus onde pessoas eram armazenadas em gaveteiros a vácuo e nunca mudavam de aparência.

– Mas, se você deixa um pouco de ar entrar... – o negro dissera. – *Puf*! Eles passam a ser como uma coluna de sal e pimenta. *Assim*! – E estalou os dedos.

Aquela mulher estava morta havia tempos. Talvez, o pensamento lhe ocorreu, ela fosse um dos vampiros que iniciara a peste. Só Deus sabia há quanto tempo ela vinha enganando a morte.

Ele estava muito irritado para fazer qualquer outra coisa naquele dia ou nos dias que se seguiram. Ficou em casa e bebeu para esquecer, deixando os corpos se empilharem no gramado e o lado de fora da casa, abandonado.

Por dias, sentou-se na poltrona com sua bebida, pensando sobre aquela mulher. E, não importava quanto tentasse não pensar, não importava quanto bebesse, ele continuava pensando em Virginia. Continuava vendo a si mesmo entrando na cripta, levantando a tampa do caixão.

E Neville pensou que poderia estar doente ou algo assim, a julgar por como ele tremia, tão paralisado e abatido, e pelo frio que sentia.

Era com *isso* que ela se parecia?

9

Era de manhã. O sol estava forte, e o silêncio era quebrado apenas pelo coro dos pássaros nas árvores. Não havia brisa para agitar as flores, os arbustos, as cercas vivas de folhagem escura ao redor das casas. Uma nuvem de calor silencioso permanecia suspensa sobre toda a rua Cimarron.

O coração de Virginia Neville tinha parado.

Robert se sentou ao lado dela na cama, olhando para o rosto lívido da mulher. Segurou os dedos dela em sua mão, afagando-os repetidamente com as pontas dos dedos. O corpo dele estava imóvel, como um bloco rígido e insensível de carne e osso.

Seus olhos não piscavam, a boca era uma linha estática e o movimento de sua respiração era tão fraco que parecia ter parado, completamente.

Algo estava acontecendo com o cérebro dele.

No segundo em que sentiu, por entre seus dedos trêmulos, que o coração de Virginia não batia mais, o núcleo de seu cérebro pareceu ter se petrificado, como se linhas irregulares de calcificação estivessem sendo enviadas para ele, até que sua cabeça se transformasse em pedra. Devagar, com as pernas paralisadas, ele se afundara na cama. E agora, vagamente absorto na luta do emaranhado de pensamentos, não entendia como podia ficar sentado ali, não entendia por que o desespero não o havia esmagado contra a terra. Mas a prostração não viria. O tempo havia parado e não avançaria. Tudo estava imóvel. Assim como Virginia, a vida e o mundo estremeceram, até parar.

Trinta minutos se passaram; quarenta.

Então, devagar, como se estivesse descobrindo algum fenômeno externo a ele, notou o próprio corpo trêmulo. Não era um tremor localizado, um nervo aqui, um músculo acolá. Era total. Seu corpo estremecia sem parar, como uma massa desprovida de vontade, toda feita de nervos descontrolados. E o pedaço de sua mente que ainda funcionava, qualquer que fosse ele, sabia que essa era sua reação.

Por mais de uma hora ele permaneceu sentado nesse estado de paralisia, com os olhos abobalhados e fixos no rosto dela.

Até que, de repente, acabou, e, com um murmúrio embargado na garganta, ele saltou da cama e saiu do quarto.

Metade do uísque foi derramada na parte de cima da pia enquanto ele servia a bebida no copo. Neville entornou o uísque que conseguiu chegar ao copo em um único gole. O fluxo fino queimou até o estômago, e sua carne em torpor polar sentiu a intensidade do álcool em dobro. Neville ficou encostado na pia. Com as mãos tremendo, encheu o copo de novo até a borda e mandou o uísque queimando para dentro mais uma vez, com grandes goles convulsivos.

É um sonho, ele alegava em vão. Era como se uma voz falasse alto as palavras em sua mente.

– Virginia...

Continuou andando de um lado para o outro, e seus olhos procuravam pelo quarto como se houvesse algo para ser encontrado ali, como se ele tivesse se esquecido de onde ficava a saída dessa casa dos horrores. Pequenos sons de descrença pulsaram em sua garganta. Apertou as mãos juntas, forçando as palmas uma contra a outra, e os dedos espasmódicos se entrelaçavam, confusamente.

Suas mãos começaram a tremer e Robert não conseguia mais identificar seus contornos. Ele as separou com a respiração entrecortada e pressionou-as contra as pernas.

– *Virginia*.

Deu um passo e soltou um grito alto, enquanto o quarto se lançava em desequilíbrio. A dor explodiu em seu joelho direito, enviando farpas quentes para sua perna. Gemeu, impelindo a si mesmo e tropeçando em direção à sala. Ficou ali como uma estátua em um terremoto, e seus olhos insensíveis permaneciam congelados em direção à porta do quarto.

Ele viu uma cena sendo representada mais uma vez em sua mente.

O grande fogo crepitando, rugindo amarelo, mandando nuvens densas e espessas de gordura para o céu. O pequeno corpo de Kathy em seus braços. O homem chegando e a arrancando como se estivesse pegando um monte de trapos. O homem sumindo na bruma escura, carregando seu bebê. Ele parado ali, enquanto pesados golpes de horror o derrubavam com seu impacto.

Então, de repente, ele disparava para a frente com um grito furioso.

– Kathy!

Braços o agarraram, homens com uniformes de lona e máscaras o afastaram dali. Os sapatos dele escavaram freneticamente o chão, abrindo duas trincheiras irregulares na terra enquanto ele era arrastado. Sua cabeça parecia prestes a explodir, e os gritos aterrorizados o inundaram por dentro.

Em seguida, o disparo súbito de dor anestesiante em sua mandíbula, a luz do dia dominada por nuvens escuras. O gotejar quente da bebida descendo pela garganta, a tosse, o arquejo e, depois, ele sentado no carro de Ben Cortman, em silêncio e imóvel, olhando fixamente para fora enquanto eles se distanciavam do emaranhado de fumaça, que se erguia do chão como um espectro negro, formado por todo o desespero da Terra.

Ao lembrar-se de tudo isso, subitamente fechou os olhos e apertou os dentes até que eles doessem.

– *Não.*

Ele não colocaria Virginia ali. Nem que eles o matassem para isso.

Andou até a porta da frente lenta e firmemente, depois saiu para a varanda. Descendo até o gramado amarelado, começou a percorrer o quarteirão até a casa de Ben Cortman. O resplandecer do sol fez suas pupilas encolherem até virarem pequenos pontos. Suas mãos balançavam, inúteis e entorpecidas ao lado do corpo.

A campainha musical ainda tocava "How Dry I Am". O absurdo disso lhe deu vontade de quebrar alguma coisa com as mãos. Lembrou-se de quando Ben a colocara ali, pensando em como isso poderia ser engraçado.

Parou diante da porta, sem se mexer, e sua mente ainda pulsava. Não me importa se é a lei, não me importa se me recusar a cumpri-la significa morrer, eu não vou colocá-la ali!

Seu punho bateu forte na porta.

– *Ben!*

Silêncio na casa de Ben Cortman. As cortinas brancas estavam imóveis, penduradas nas janelas da frente. Ele conseguia ver o sofá vermelho, a luminária de piso com o quebra-luz franjado, o piano vertical em que Freda costumava brincar nas tardes de domingo. Ele piscou. Que dia era aquele? Tinha se esquecido, tinha perdido a conta dos dias.

Mexeu os ombros, enquanto uma fúria impaciente jorrava ácido por suas veias.

– *Ben!*

Mais uma vez esmurrou a porta com o lado de seu punho rígido, e a carne ao longo da embranquecida linha de seu maxilar se contraiu. Saco, *onde* ele está? Neville, sem muita segurança em seu gesto, apertou forte o botão e a campainha começou a tocar novamente a música de bêbado, repetidas vezes. "*How dry I am, how dry I am, how dry I am, how dry I...*"

Atirou-se contra a porta com um suspiro frenético e ela se escancarou contra a parede interna. Estava destrancada.

Andou até a sala de estar silenciosa.

– Ben – falou alto. – Ben, eu preciso de seu carro.

Eles estavam no quarto, quietos e imóveis em seus comas diurnos, deitados separadamente nas camas de solteiro, Ben de pijamas, Freda de camisola de seda; estavam deitados sobre os lençóis, e os peitos cheios hesitavam, em respirações difíceis.

Parou ali por um momento, olhando para eles. Havia algumas feridas no pescoço claro de Freda, formando uma crosta de sangue seco. Seus olhos se voltaram para Ben. Não havia ferida na garganta de Ben, e ele ouviu uma voz em sua cabeça que dizia: se ao menos eu acordasse...

Balançou a cabeça. Não, não tinha como acordar daquilo.

Encontrou as chaves do carro no escritório, pegando-as para si. Ele se afastou e deixou a casa silenciosa para trás. Foi a última vez que Robert viu qualquer um deles vivo.

O motor engasgou até pegar e ele o deixou ligado em ponto morto por alguns minutos, até desafogar, enquanto permanecia ali sentado, olhando para fora pelo para-brisa empoeirado. No interior quente e abafado do carro, uma mosca zumbiu com sua forma inchada em torno da cabeça de Neville. Olhou para o brilho verde embotado do inseto e sentiu o carro pulsando debaixo dele.

Ele empurrou o afogador depois de um instante e dirigiu o carro pela rua. Estacionou na entrada diante de sua garagem e desligou o motor.

A casa estava fria e quieta. Seus sapatos roçaram serenamente sobre o tapete, e depois estalaram no assoalho do corredor.

Neville ficou imóvel no vão da porta, olhando para ela. Virginia ainda estava deitada de barriga para cima, com os braços ao lado do corpo e os dedos brancos levemente contraídos. Era como se ela estivesse dormindo.

Ele se afastou e voltou para a sala. O que podia fazer? As escolhas pareciam inúteis, agora. E importava o que ele fizesse? A vida seria igualmente sem propósito, fosse qual fosse sua decisão.

Ele ficou diante da janela, olhando para a rua ensolarada, com os olhos sem vida.

Por que peguei o carro, então?, ponderou. Sua garganta se movia enquanto ele engolia em seco. Eu não posso queimá-la, pensou. Eu *não vou* fazer isso. Mas o que mais podia fazer? As funerárias estavam fechadas. Aquilo que poucos agentes funerários estavam com saúde suficiente para executar, a lei os impedia de fazer. Todos, sem exceção, tinham de ser transportados para as fogueiras imediatamente após a morte. Era o único modo conhecido de evitar a transmissão. Apenas as chamas podiam destruir a bactéria que causava a peste.

Ele sabia disso. Sabia que era a lei. Mas quantas pessoas a seguiam? Ele também se perguntava isso. Quantos homens pegaram as mulheres com quem dividiram sua vida e seu amor e as jogaram nas chamas? Quantos pais incineraram as crianças que eles adoravam, quantas crianças atiraram seus queridos pais em uma fogueira de quase cem metros quadrados, com trinta de profundidade?

Não. Se algo ainda restara no mundo, fora sua promessa de que ela não seria queimada no fogo.

Uma hora se passou antes que ele finalmente tomasse uma decisão.

Então, ele saiu e pegou as linhas e agulhas dela.

Ele continuou costurando até que apenas o rosto de Virginia estivesse à mostra. Depois, com os dedos tremendo e um nó apertado no estômago, ele costurou o cobertor sobre a boca. Sobre o nariz. Sobre os olhos dela.

Ao terminar, foi até a cozinha e bebeu outro copo de uísque. De qualquer modo, não parecia fazer efeito.

Por fim, retornou ao quarto com as pernas bambas. Ficou ali parado, respirando roucamente por um longo minuto. Então, inclinou-se e colocou os braços sob a forma inerte dela.

– Vamos lá, meu amor – sussurrou.

As palavras pareciam libertar tudo. Sentiu seu próprio tremor, sentiu as lágrimas escorrerem lentamente pelo rosto enquanto a carregava pela sala e para fora da casa.

Colocou-a no banco de trás e entrou no carro. Respirou fundo e alcançou a ignição.

Recuou. Saindo do carro novamente, foi até a garagem e pegou uma pá.

Ele se contraiu ao sair, vendo o homem do outro lado da rua se aproximar, lentamente. Colocou a pá na traseira e entrou no carro.

– Espere! – O grito do homem era áspero. Ele tentou correr, mas não estava forte o bastante.

Robert Neville sentou-se ali em silêncio até que o homem chegasse, arrastando-se.

– Você poderia... me deixar trazer minha... minha mãe, também? – disse o homem, resoluto.

– Eu... Eu... Eu... – O cérebro de Neville não funcionava. Pensou que fosse chorar mais uma vez, mas se conteve e enrijeceu as costas. – Eu não vou até o... *lá* – disse Robert.

O homem olhou inexpressivamente para ele.

– Mas sua...

– Eu não vou até o fogo, já disse! – disparou Neville, dando partida no carro.

– Mas sua mulher – disse o homem. – Você tem sua...

Robert Neville colocou o câmbio em marcha a ré.

– *Por favor* – implorou o homem.

– Eu *não* estou indo para lá! – gritou Neville, sem olhar para o vizinho.

– Mas é a *lei*! – gritou de volta o homem, repentinamente furioso.

O carro logo voltou para a rua e Neville virou para seguir rumo à avenida Compton. Enquanto se afastava, viu o homem em pé no meio-fio, assistindo a sua partida. Idiota!, sua cabeça chiava. Você acha que vou jogar minha mulher numa fogueira?

As ruas estavam desertas. Virou à esquerda na Compton e seguiu para oeste. Enquanto dirigia, olhou para o lote enorme à direita do carro. Não podia usar nenhum dos cemitérios. Estavam trancados e eram vigiados. Algumas pessoas tinham levado tiros tentando enterrar seus entes queridos.

Virou à direita na quadra seguinte e dirigiu mais um quarteirão; virou à direita de novo até uma rua calma que terminava no lote. Desligou o motor no meio da pista. Foi na banguela pelo resto do caminho, assim ninguém poderia ouvir o carro.

Ninguém o viu carregando-a para fora do carro ou transportando-a para o fundo do lote com capim alto. Ninguém o viu colocá-la em um pedaço aberto de terra e, então, desaparecer de vista enquanto se ajoelhava.

Ele cavou devagar, empurrando a pá para dentro da terra fofa, e o sol brilhante despejava-se na pequena clareira, como metal fundido em um molde. Muitos fios de suor corriam por sua face e pela testa enquanto ele cavava, e a terra deslizava vertiginosamente diante de seus olhos. A sujeira lançada ao ar preencheu suas narinas com um cheiro cálido e pungente.

Enfim, o buraco foi terminado. Botou de lado a pá e caiu de joelhos. Seu corpo estremeceu e o suor escorria por seu rosto. Essa era a parte que ele temia.

Mas sabia que não podia esperar. Eles apareceriam e o pegariam, se ele fosse visto. Ser baleado não era nada. Mas, então, ela seria incinerada. Seus lábios se apertaram. *Não.*

Suavemente, com o máximo de cuidado possível, baixou-a na cova rasa, assegurando-se de que sua cabeça não batesse.

Endireitou-se e olhou para o corpo imóvel, costurado no cobertor. Olhando-a pela última vez, pensou. Sem mais conversa, sem mais amor. Onze anos maravilhosos, terminados em uma trincheira. Começou a tremer. Não, ordenou a si mesmo, não há tempo para isso.

Não adiantava. O mundo cintilava distorcido através de suas incontáveis lágrimas; ele jogava a terra quente de volta, prensando com mãos desprovidas de força a terra ao redor do corpo imóvel de sua esposa.

•

Despencou na cama completamente vestido, encarando o teto escuro. Estava meio bêbado, e a escuridão rodopiava com os vaga-lumes.

Seu braço direito cambaleou para fora, em direção à mesa. Sua mão esbarrou na garrafa e ele tentou agarrá-la, mas foi tarde demais. Depois, relaxou e ficou deitado ali na calada da noite, ouvindo o uísque gorgolejar para fora da garrafa e se derramar pelo piso.

Seu cabelo despenteado farfalhava no travesseiro enquanto olhava em direção do relógio. Duas da manhã. Dois dias desde que a enterrara. Dois olhos voltados para o relógio, dois ouvidos captando o zumbido de sua cronologia elétrica, dois lábios pressionados um contra o outro, duas mãos deitadas na cama.

Tentou se livrar daquele pensamento, mas tudo no mundo parecia subitamente ter caído em um poço de dualidade, vítima de um sistema feito aos pares. Duas pessoas mortas, duas camas no quarto, duas janelas, duas salas de trabalho, dois corações que...

Seu peito se encheu com o ar da noite; ele segurou e depois expeliu, reduzindo bruscamente o peitoral de tamanho. Dois dias, duas mãos, dois olhos, duas pernas, dois pés...

Sentou-se e jogou as pernas por sobre a beirada da cama. Seus pés aterrissaram na poça de uísque e ele sentiu a bebida encharcando suas meias. Uma brisa fria chacoalhava as persianas das janelas.

Encarou a escuridão. O que sobrou?, ele se perguntou. O que sobrou, no fim das contas?

Levantou-se fatigado e andou tropegamente até o banheiro, deixando uma trilha úmida atrás de si. Jogou água no rosto e tateou em busca de uma toalha.

O que sobrou? O que...

Ficou subitamente enrijecido na escuridão fria.

Alguém estava mexendo na maçaneta da porta da frente.

Sentiu um calafrio subir pela parte de trás de seu pescoço, e seu couro cabeludo começou a formigar. Era Ben, ouviu sua mente formular a hipótese. Ele veio pegar as chaves do carro.

A toalha escorregou por seus dedos e ele a ouviu escorregar pelo azulejo. Seu corpo se contraiu.

Um punho bateu contra a porta, sem forças, como se tivesse caído sobre a madeira.

Ele se moveu lentamente até a sala, e seu coração batia forte.

A porta sacudiu quando outro punho bateu fraco contra ela, mais uma vez. Neville sentiu-se contrair com o som. Qual é o problema?, pensou. A porta está aberta. Uma brisa gélida soprou até seu rosto, vinda da janela aberta. A escuridão o arrastou até a porta.

– Quem... – murmurou, sem conseguir terminar.

A mão dele recuou da maçaneta quando ela girou sob seus dedos. Com um passo, ele se apoiou na parede e ficou ali, respirando com dificuldade, fitando com seus olhos escancarados.

Nada aconteceu. Ficou ali, mantendo-se firme.

Então, sua respiração se extinguiu. Alguém estava balbuciando na varanda, murmurando palavras que ele não conseguia ouvir. Preparou-se; então, de uma vez, abriu a porta, empurrando-a e deixando a luz da lua entrar.

Ele sequer foi capaz de gritar. Ficou parado, arraigado no lugar, olhando em silêncio para Virginia.

– Ro... bert – disse ela.

10

A Sala de Ciências ficava no segundo andar. Os passos de Robert Neville golpeavam surdamente as escadarias de mármore da Biblioteca Pública de Los Angeles. Era 7 de abril de 1976.

Depois de meia semana de bebedeira, desgosto e investigação desconexa, Neville deu-se conta de que estava perdendo seu tempo. Experimentos isolados não estavam produzindo efeito, era claro. Se havia uma resposta racional para o problema (e ele tinha de acreditar que havia), poderia encontrá-la apenas por meio de uma pesquisa cuidadosa.

Hesitante, por precisar de conhecimento mais apurado, estabeleceu uma base possível: o sangue. Isso estabelecia, ao menos, um ponto de partida. O primeiro passo, então, era ler acerca do sangue.

O silêncio na biblioteca era total, salvo o ruído surdo de seus sapatos enquanto caminhava pelo átrio do segundo andar. Do lado de fora, às vezes havia o canto de pássaros e, ainda que fosse raro, parecia haver uma espécie de som exterior. Era inexplicável, mas lá fora nada parecia tão mortal quanto dentro do prédio.

Especialmente aqui nesse edifício gigante e acinzentado, que abrigava a literatura de um mundo morto. Provavelmente era por estar rodeado pelas paredes, pensou, algo puramente psicológico. Mas saber isso não tornava nada mais fácil. Não havia restado nenhum psiquiatra para murmurar sobre neuroses infundadas e alucinações auditivas. O último homem no mundo estava irreversivelmente preso com suas ideias malucas.

Entrou na Sala de Ciências.

Era uma sala de pé-direito alto, com altas e largas janelas envidraçadas. Do outro lado da porta estava a mesa de consulta aos livros, de quando livros ainda eram consultados.

Ficou ali por um momento olhando ao redor da sala silenciosa, agitando a cabeça lentamente. Todos esses livros, ele pensou, o resíduo do intelecto de um planeta, os fragmentos de mentes inúteis, os restos, a miscelânea de artefatos que não tiveram poder para salvar os homens da destruição.

Os sapatos de Neville estalaram nos ladrilhos escuros enquanto ele caminhava até o começo das prateleiras à esquerda. Seus olhos se moveram até as fichas que separavam as seções da prateleira. "Astronomia", ele leu; livros sobre os céus. Moveu-se por eles. Não eram os céus que o preocupavam. O desejo do homem pelas estrelas morreu com os outros de sua espécie. "Física", "Química", "Engenharia". Passou por eles e entrou na seção principal de leitura da Sala de Ciências.

Parou e olhou para o teto alto. Havia duas fileiras de luzes mortas ao alto, e o teto era dividido em esquadrias com baixo-relevo, cada uma decorada com o que pareceram ser mosaicos indígenas. A luz do sol da manhã era filtrada pelas janelas empoeiradas, e ele via partículas flutuando mansamente no curso de seus raios.

Olhou para a fileira de longas mesas de madeira, com cadeiras alinhadas diante delas. Alguém as colocara em ordem de modo quase perfeito. No dia em que a biblioteca fechou, pensou, alguma bibliotecária tinha ido até a sala e empurrado cada cadeira contra a respectiva mesa. Fizera isso cuidadosamente, com uma precisão laboriosa que era sua marca.

Refletiu sobre essa senhora hipotética. Morrer, pensou, sem nunca conhecer a alegria ardente e o conforto contínuo do abraço da pessoa amada. Afundar-se em um coma hediondo, afundar-se na morte e, talvez, retornar a ilusões estéreis e horríveis. Tudo sem saber o que era amar e ser amada.

Era uma tragédia ainda mais terrível que se tornar um vampiro.

Balançou a cabeça. Tá bom, já basta, disse a si mesmo, você não tem tempo para devaneios sentimentais.

Ignorou os livros até chegar em "Medicina". Era aquilo que ele queria. Procurou pelos títulos. Livros de higiene, de anatomia, de fisiologia (geral e especializada), de práticas de cura. Mais para baixo, bacteriologia.

Retirou cinco livros de fisiologia geral e diversos sobre o sangue. Ele os empilhou em uma das mesas cobertas de pó. Deveria pegar algum dos livros de bacteriologia? Parou por um minuto, olhando indeciso para as encadernações em tecido.

Por fim, deu de ombros. Ora, que diferença faz?, pensou. Mal não vão fazer. Retirou diversos deles, aleatoriamente, e os adicionou à pilha. Agora, ele tinha nove títulos na mesa. Era o bastante para começar. Ele esperava voltar.

Quando saiu da Sala de Ciências, olhou para o relógio sobre a porta.

Os ponteiros vermelhos tinham parado às quatro e quarenta e sete. Perguntou-se em que dia eles tinham estacionado. Enquanto descia as escadas com os braços cheios de livros, indagou-se sobre qual seria o exato momento em que o relógio parara. De manhã ou à noite? Estava chovendo ou o sol brilhava? Havia alguém ali quando ele parou?

Deu de ombros, com irritação. Pelo amor de Deus, que diferença faz?, perguntou a si mesmo. Ele estava ficando aborrecido com essa crescente preocupação nostálgica. Era uma fraqueza, ele sabia, uma fraqueza a que não podia se submeter, se pretendia continuar. Ainda assim, Neville se flagrava imergindo em uma meditação extensiva a respeito de aspectos do passado. Era quase mais do que ele podia controlar, e isso o deixava furioso.

Mesmo pelo lado de dentro, não conseguia abrir as enormes portas da frente; estavam muito bem trancadas. Tinha de sair de novo pela janela quebrada, primeiro jogando os livros para a calçada, um de cada vez, até ser a vez dele. Levou os livros para o carro e entrou.

Ao ligar o veículo, viu que estava estacionado ao longo de um meio-fio pintado de vermelho, voltado para o lado errado de uma via de mão única. Olhou para os dois lados da rua.

– Guarda! – flagrou-se chamando. – Ai, seu guarda!

Riu por mais de um quilômetro sem parar, tentando imaginar o que tinha de tão engraçado naquilo.

•

Botou o livro de lado. Estava lendo de novo sobre o sistema linfático. Lembrava-se vagamente de ter lido sobre isso meses atrás, durante o que chamava, agora, de "época delirante". Mas o que tinha lido naqueles tempos não chamara a atenção de Neville, porque não havia como colocar aquilo em prática.

Agora parecia haver alguma coisa ali.

As paredes finas dos capilares sanguíneos permitem que o plasma escape para os espaços dos tecidos, junto com os glóbulos vermelhos e brancos. Esse material que escapa, no fim, retorna para o sistema sanguíneo pelos vasos linfáticos, transportados de volta pelo fluido delicado que se chama linfa.

Durante esse fluxo de retorno, a linfa escorre pelos nodos linfáticos, o que interrompe o fluxo e filtra as partículas sólidas de excreções corporais, prevenindo, dessa forma, que entrem no sistema sanguíneo.

Seguindo.

Há duas coisas que ativam o sistema linfático: 1) a respiração, que faz o diafragma comprimir os conteúdos abdominais, forçando, assim, o sangue e a linfa a subirem, contra a gravidade; e 2) o movimento físico, que faz que os músculos do esqueleto comprimam os vasos linfáticos, movimentando, consequentemente, a linfa. Um intrincado sistema de válvulas previne qualquer retorno do fluxo.

Mas os vampiros não respiravam; quer dizer, pelo menos não os mortos. Isso significava que aproximadamente *metade* do fluxo linfático deles estava comprometida. Ou seja, uma quantidade considerável de resíduos seria deixada no sistema dos vampiros.

Robert Neville estava pensando especificamente no odor fétido de um vampiro.

Continuou a ler.

"A bactéria passa pelo sistema sanguíneo, em que..."

"Os glóbulos brancos desempenham um papel vital em nossa defesa contra um ataque de bactérias..."

"A luz forte do sol mata muitos germes rapidamente e..."

"Muitas doenças bacterianas do homem podem ser disseminadas pela ação involuntária de moscas, mosquitos..."

"... em que, sob o estímulo do ataque bacteriano, as fábricas de leucócitos lançam células extras na corrente sanguínea."

Deixou que o livro caísse para a frente, em seu colo, e escorregasse por suas pernas até bater no tapete.

Estava ficando cada vez mais difícil refutar a ideia, porque, não importava o que lesse, existia sempre uma relação entre bactéria e doenças sanguíneas. Ainda assim, por todo esse tempo ele vinha, de certa maneira, desprezando deliberadamente todos aqueles que morreram proclamando a teoria dos germes e zombando da teoria dos "vampiros".

Levantou-se e preparou um drinque, que repousou intocado enquanto Neville permaneceu diante do bar. Lenta e ritmadamente, bateu com o punho direito na parte de cima do bar à medida que seus olhos encaravam a parede, desolados.

Germes.

Fez uma careta.

– Ah, pelo amor de Deus – vociferou para si mesmo, estafado. – Essa palavra não precisa ser incômoda, sabia?

Respirou fundo. Tá bom, pensou, tem alguma razão para que não possam ser germes?

Afastou-se do bar, como se pudesse deixar a questão por lá. Mas questões não têm lugar fixo: elas podem segui-lo por aí.

Sentou-se na cozinha, fitando uma xícara de café fumegante. Germes. Bactérias. Vírus. Vampiros. Por que estou tão resistente a essas ideias?, questionou-se. Era apenas uma teimosia reacionária ou porque a tarefa se agigantaria tremendamente para ele se fossem germes?

Neville não sabia. Iniciou um novo caminho, o caminho do comprometimento. Por que jogar fora qualquer teoria? Uma não negava necessariamente a outra. Aceitação dupla e estabelecimento de correspondência, pensou.

A bactéria podia ser a resposta para o vampiro.

A essa altura, tudo parecia transbordar sobre ele. Era como se fosse o holandesinho com o dedo no dique, resistindo a deixar fluir o mar da razão. Tinha estado ali, acovardado e contente com sua teoria inflexível. Agora ele tinha se erguido e tirado o dedo. O mar de respostas já estava começando a entrar.

A peste havia se espalhado tão rápido... Isso podia ter acontecido se fossem apenas os vampiros a disseminá-la? A pilhagem noturna deles teria sido capaz de espalhar a doença tão rapidamente?

Sentiu-se abalado pela resposta súbita. Apenas aceitando a hipótese da bactéria seria possível explicar a incrível rapidez da peste, a progressão geométrica de vítimas.

Pôs de lado a xícara de café, e seu cérebro pulsava com uma dezena de ideias diferentes. As moscas e os mosquitos tiveram seu papel. Espalharam a doença, provocando sua disseminação pelo mundo.

Sim, bactérias explicavam muitas coisas: o recolhimento diurno, o coma forçado pelos germes, a fim de se protegerem da radiação solar.

Uma nova hipótese: e se a bactéria fosse a força do verdadeiro vampiro?

Sentiu um arrepio correr-lhe pelas costas. Era possível que o mesmo germe que matava os vivos abastecesse os mortos com energia?

Ele tinha de saber! Deu um salto e quase correu para fora da casa. Então, no último instante, afastou-se da porta com um riso nervoso. Pelo amor de Deus, pensou, estou ficando louco? Era noite.

Deu um sorriso irônico e andou irrequieto pela sala de estar.

Isso poderia explicar as outras coisas? A estaca? Sua mente se desdobrou, tentando encaixar aquilo na estrutura da explicação bacteriana. Vamos lá!, gritou impacientemente em sua cabeça. Mas tudo em que podia pensar era a hemorragia, e isso não explicava aquela mulher. E não era o coração...

Ele ignorou essa peça, receoso de que sua teoria recém-descoberta pudesse começar a ruir antes que ele a estabelecesse.

A cruz, então. Não, a bactéria não podia explicar isso. O solo; não, isso não estava ajudando. Água corrente, o espelho, o alho...

Sentiu-se tremer sem controle, com vontade de gritar bem alto a fim de parar o cavalo desenfreado em sua mente. Ele precisava encontrar *alguma* coisa! Porra!, pensou, não vou perder essa chance!

Obrigou-se a ficar sentado. Trêmulo e rígido, ficou ali e clareou a mente, até que a calma tomasse conta dele. Meu Deus do céu, pensou finalmente, qual é o problema comigo? Eu tenho uma ideia e, se não consigo explicá-la no primeiro minuto, entro em pânico. Devo estar ficando louco.

Agora, ele pegou aquele drinque; precisava dele. Segurou o copo, que trepidava. Tá bom, garoto, tentou brincar consigo mesmo, agora fique calmo. Papai Noel está chegando à cidade, trazendo todas as respostas boas. Você não vai ser mais um Robinson Crusoé esquisito, aprisionado em uma ilha, à noite, rodeada por oceanos de morte.

Riu daquilo, e isso o relaxou. De bom gosto, pensou, e agradável. O último homem no mundo é um poeta do povo, um Edgar Guest.

Tá bom, então, hora de ir para a cama, ordenou a si mesmo. Você não pode ficar voando em vinte direções diferentes. Você não pode mais tomar esse rumo; você é um desajustado emocional.

O primeiro passo era pegar um microscópio. Esse é o primeiro passo, repetia para si mesmo com ênfase, enquanto se despia para dormir, ignorando o novelo compacto de indecisão em seu estômago, a ânsia quase dolorosa de mergulhar diretamente na investigação, mesmo sem qualquer embasamento.

Quase se sentiu enfermo, deitado ali na escuridão e planejando apenas um passo de cada vez. Ele sabia que tinha de ser assim. Esse é o primeiro passo, esse é o primeiro passo. Fodam-se seus ossos, esse é o primeiro passo.

Sorriu forçadamente na escuridão, sentindo-se bem por ter definido o trabalho que viria a seguir.

Ele se permitiu fazer uma consideração sobre o problema antes de dormir. As mordidas, os insetos, a transmissão de pessoa para pessoa: isso era mesmo suficiente para explicar a horrível velocidade com que a peste havia se espalhado?

Foi dormir com a questão na cabeça. E, por volta das três da manhã, acordou para encontrar a casa fustigada por outra tempestade de poeira. De repente, em questão de um segundo, conectou os fatos.

11

O primeiro que ele pegou foi inútil.

A base estava tão mal nivelada que qualquer vibraçãozinha já causava interferência. O mecanismo de suas partes móveis estava solto a ponto de oscilar. O espelho continuava a se mover para fora do lugar, porque os pivôs não estavam firmes o suficiente. Além disso, o instrumento não tinha platina para sustentar o condensador ou o polarizador. Ele possuía apenas um revólver, então tinha de remover a lente objetiva quando precisava de qualquer mudança na ampliação. As lentes eram impossíveis.

Mas, é claro, não sabia nada sobre microscópios, e tinha pegado o primeiro que encontrara. Três dias depois, arremessou-o contra a parede com um palavrão reprimido, esmagando-o em pedaços com os sapatos.

Então, quando se acalmou, foi até a biblioteca e pegou um livro sobre microscópios.

Na segunda vez que saiu, não retornou até ter encontrado um instrumento decente: revólver com suporte para três objetivas, platina para condensador e polarizador, base boa, movimento suave, diafragma, lentes boas. É só mais um exemplo, disse a si mesmo, da estupidez de começar despreparado. Tá, tá, tá, respondeu, aborrecido.

Forçou-se a gastar um bocado de tempo se familiarizando com o instrumento.

Mexeu com o espelho até que pudesse direcionar um raio de luz ao objeto em uma questão de segundos. Familiarizou-se com as lentes objetivas, variando de oitenta milímetros a dois milímetros de poder de foco. No caso da última, aprendeu a colocar uma gota de óleo de cedro na lâmina e, então, enquadrá-la até a lente tocar o óleo. Quebrou treze lâminas fazendo isso.

Após três dias de atenção constante, podia manipular rapidamente as cabeças de ajuste, era capaz de controlar o diafragma e o condensador para obter exatamente a quantidade certa de luz na lâmina e conseguiria em breve uma nitidez bem definida com as lâminas padronizadas que havia arrumado.

Não fazia ideia de que uma mosca tivesse uma aparência tão horrorosa.

A seguir vinha a montagem, que logo descobriu ser um processo muito mais difícil.

Não importava quanto ele tentasse, não conseguia manter partículas de pó fora do instrumento. Quando olhava no microscópio, parecia estar examinando pedregulhos. Era especialmente difícil devido às tempestades de poeira, as quais continuavam ocorrendo, em média, uma vez a cada quatro dias. Por fim, viu-se obrigado a construir um abrigo sobre a bancada.

Também aprendeu a ser sistemático enquanto experimentava com a montagem. Descobriu que, enquanto procurava por outras coisas, havia mais tempo para que a poeira se acumulasse nas lâminas. A contragosto, mas quase entretido, ele logo tinha estabelecido um lugar certo para tudo. Placas de vidro, lamelas, pipetas, lamínulas, fórceps, placas de petri, agulhas, substâncias: todos foram colocados sistematicamente em seus lugares.

Constatou, para sua surpresa, que acabara por sentir prazer em praticar um método. *Acho que tenho sangue do velho Fritz em mim, afinal*, pensou, divertindo-se.

Então, coletou uma amostra do sangue de uma mulher.

Levou dias para conseguir arranjar algumas gotas do jeito certo na lâmina, e a lamínula apropriadamente centralizada na lâmina. Neville pensou por um bom tempo que nunca conseguiria fazer isso direito.

E, então, veio a luz, quando, como se isso não tivesse tanta importância, colocou sua trigésima sétima lâmina de sangue sob a lente, ligou a iluminação, ajustou o canhão e o espelho, enquadrou e ajustou o diafragma e o condensador. Cada segundo que se passava parecia aumentar o peso das batidas de seu coração, pois, de algum modo, sabia que a hora era aquela.

O momento havia chegado; ele prendeu a respiração.

Então não era um vírus. Não era possível ver um vírus em um microscópio daquele. E aquilo flutuando delicadamente na lâmina era um germe.

Eu o nomeio *vampiris*. As palavras rastejavam em sua mente enquanto ele olhava pela ocular.

Verificando um de seus textos de bacteriologia, descobriu que a bactéria cilíndrica que observava era um bacilo, uma pequena haste de protoplasma que se movia através do sangue por meio de fios minúsculos que se projetavam de sua cápsula. Esses flagelos ciliares chicoteavam vigorosamente pelo meio fluido, propulsionando o bacilo.

Ficou olhando pelo microscópio por um longo tempo, incapaz de pensar ou de continuar a investigação. Tudo em que podia pensar era que ali, na lâmina, estava a origem do vampiro. Todos os séculos de superstições terríveis tinham caído por terra no instante em que viu o germe.

Os cientistas estavam certos, então; *existia* uma bactéria envolvida. Isso tinha levado ele, Robert Neville, 36, sobrevivente, a completar seu inquérito e a anunciar o assassino: o germe *dentro* do vampiro.

De súbito, uma enorme carga de desespero caiu sobre ele. Ter a resposta agora, quando já era tarde demais, era um golpe esmagador. Tentou desesperadamente combater a depressão, mas ela persistia. Não sabia por onde começar, sentia-se totalmente indefeso diante do problema. Como ele poderia sequer ter esperanças de curar aqueles que ainda viviam? Não sabia nada sobre bactérias.

Bem, eu *vou* saber!, enfureceu-se por dentro. E forçou-se a estudar.

•

Certos tipos de bacilos, quando as condições se tornavam desfavoráveis para a vida, eram capazes de criar, eles mesmos, corpos chamados de esporos.

O que eles faziam era condensar seus conteúdos celulares em um corpo oval com uma parede fina. Esse corpo, quando completado, separava-se do bacilo, tornando-se um esporo livre, muitíssimo resistente a mudanças físicas e químicas.

Depois, quando as condições eram mais favoráveis para a sobrevivência, os esporos germinavam novamente, trazendo de volta todas as características do bacilo original.

Robert Neville parou diante da pia, com os olhos fechados e as mãos apertadas firmemente à borda. Tem alguma coisa aí, disse energicamente a si mesmo, tem alguma coisa aí. Mas *o quê?*

Supondo, ele afirmou, que o vampiro não possuísse sangue. As condições para o bacilo *vampiris* seriam desfavoráveis.

Protegendo a si mesmo, o germe esporularia; o vampiro mergulharia em um coma. Finalmente, quando as condições se tornassem favoráveis de novo, o vampiro andaria mais uma vez e seu corpo continuaria o mesmo.

Mas como o germe saberia se o sangue estava disponível? Bateu com força o punho na pia, com raiva. Ainda tinha alguma coisa ali. Ele sentia isso.

A bactéria, quando não alimentada de modo adequado, metabolizava anormalmente, produzindo bacteriófagos (proteínas inanimadas e autorreplicantes). Esses bacteriófagos destruíam a bactéria.

Quando o sangue não entrava, o bacilo metabolizava anormalmente, absorvendo água e inchando, até o ponto de explodir e destruir todas as células.

De novo a esporulação; ela tinha de se encaixar.

Ok, supondo que o vampiro não entrasse em coma. Supondo que seu corpo se decompusesse sem sangue. O germe ainda poderia esporular e...

Sim! As tempestades de poeira!

Os esporos liberados seriam soprados pelas tempestades. Poderiam se alojar em minúsculas escoriações na pele, causadas pelo pó esfoliante. Uma vez na pele, o esporo poderia germinar e se multiplicar por bipartição. Enquanto sua multiplicação progredisse, os tecidos ao redor seriam destruídos, e os canais, entupidos por bacilos. Com a destruição do tecido celular, os bacilos poderiam liberar corpos venenosos e decompostos nos tecidos saudáveis anexos. No final, os venenos alcançariam a corrente sanguínea.

Processo completo.

E tudo sem vampiros de olhos vermelhos pairando sobre as camas das heroínas. Tudo sem morcegos flutuando contra as janelas da propriedade, tudo sem o sobrenatural.

O vampiro era real. Mas sua história verdadeira nunca tinha sido contada.

Considerando isso, Neville voltou a verificar as pestes históricas.

Pensou sobre a queda de Atenas. A situação tinha sido muito parecida à da peste de 1975. Antes que qualquer coisa pudesse ser feita, a cidade ruíra. Historiadores escreveram sobre a peste bubônica. Robert Neville estava tendendo a acreditar que o vampiro havia sido a razão.

Não, não o vampiro. Por ora, aparentemente, esse fantasma traiçoeiro rondando suas vítimas era tanto uma ferramenta do germe quanto foram os vivos inocentes originalmente afligidos. O germe era o vilão. O germe que se escondeu por trás de véus obscuros de lenda e superstição, espalhando seu flagelo enquanto as pessoas se encolhiam diante dos próprios medos.

E a Peste Negra, aquela horrível chaga que varreu a Europa, deixando em seu rastro o fim de três quartos de sua população?

Vampiros?

•

Lá pelas dez naquela noite, a cabeça de Neville começou a doer e seus olhos pareciam bolhas quentes de gelatina. Ele descobriu que estava faminto. Pegou uma bisteca do congelador e, enquanto ela grelhava, tomou uma ducha rápida.

Sobressaltou-se quando uma pedra atingiu a lateral da casa. Então sorriu, ironicamente. Tinha estado tão absorto por todo o dia que se esquecera do bando deles que rondava sua casa.

Enquanto se secava, percebeu de repente que não sabia quantos dos vampiros que apareciam a cada noite estavam fisicamente vivos e quantos eram totalmente ativados pelo germe. Estranho não saber isso, pensou. Tinha de haver dos dois tipos, porque em alguns deles ele atirava sem sucesso, enquanto outros eram destruídos. Assumiu que os mortos podiam, de algum jeito, resistir às balas.

O que levantava outra questão: por que os vivos vinham até sua casa? Por que apenas aqueles poucos, e não todos daquela área?

Tomou uma taça de vinho enquanto comia a bisteca e ficou impressionado com a forma como tudo estava saboroso. A comida normalmente tinha gosto de madeira para ele. Eu devo estar com um bom apetite hoje, pensou.

Além disso, não tinha tomado um drinque sequer. Ainda mais fantástico: ele não precisava de um. Meneou a cabeça. Era dolorosamente óbvio que a bebida era um consolo emocional para ele.

Comeu toda a carne até chegar ao osso e então o roeu. Depois, levou o restante do vinho até a sala, ligou a vitrola e sentou-se em sua poltrona, com um gemido cansado.

Sentou-se ouvindo as Suítes Um e Dois de Daphnis et Chloé, de Ravel, com todas as luzes desligadas, exceto por aquela que iluminava as árvores.

Conseguiu se esquecer de todos os vampiros por um tempo.

Entretanto, não conseguiu resistir a dar outra olhada no microscópio.

Seu desgraçado, pensou, quase carinhosamente, observando o protoplasma minúsculo flutuando na lâmina. Seu desgraçadinho de merda.

12

O dia seguinte estava péssimo.
A lâmpada solar tinha matado os germes na lâmina, mas isso não dizia nada para ele.
Misturou sulfeto de alilo no sangue tomado pelo germe e não aconteceu nada. O sulfeto de alilo foi absorvido, e os germes ainda viviam.
Ele ficou andando pelo quarto, nervoso.
O alho os mantém afastados, e o sangue é o sustentáculo da existência deles. Ainda assim, quando se misturava a essência do alho com o sangue, não acontecia nada. Suas mãos se fecharam em punhos irados.

Espere um pouco; esse sangue é de um dos que ainda estão vivos.

Uma hora depois, ele já tinha uma amostra do outro tipo. Misturou o sangue coletado ao sulfeto de alilo e observou pelo microscópio. Não acontecia nada.

O almoço parecia entalado em sua garganta.

E a estaca, então? Ele só podia pensar na hemorragia, mas sabia que não era isso. Aquela maldita mulher...

Tentou, por metade da tarde, pensar em algo concreto. Finalmente, com um rosnado, derrubou o microscópio e caminhou a passos largos até a sala. Desabou na poltrona e sentou-se ali, tamborilando dedos impacientes no braço da mobília.

Brilhante, Neville, pensou. Você é realmente fantástico. Vá para a frente da classe. Sentou-se ali, mordendo o nó de um dos dedos. Vamos encarar os fatos, refletiu miseravelmente, eu perdi a cabeça muito tempo atrás. Não consigo pensar dois dias seguidos sem perder as estribeiras. Eu sou inútil, desprezível, sem valor, um traste.

Tá bom, respondeu dando de ombros, isso encerra o assunto. Vamos voltar para o problema.

E assim ele fez.

Existem certas coisas estabelecidas, dissertou para si mesmo. Existe um germe, é transmissível, é morto pela luz do sol, o alho funciona. Alguns vampiros dormem na terra, a estaca os destrói. Eles não se transformam em lobos ou em morcegos, mas certos animais pegam o germe e se tornam vampiros.

Tá bom.

Fez uma lista. Uma coluna ele encabeçou com "Bacilos", a outra, com um ponto de interrogação.

Ele começou.

A cruz. Não, isso não podia ter nada a ver com os bacilos. Se muito, era algo psicológico.

A terra. Poderia haver algo na terra que afetasse o germe? Não. Como isso poderia chegar até a corrente sanguínea? Além do mais, bem poucos deles dormiam na terra.

Sua garganta moveu-se enquanto adicionava o segundo item na coluna encabeçada por um ponto de interrogação.

Água corrente. Poderia ser absorvida pelos poros e... Não, isso era estúpido. Eles vinham mesmo na chuva, e não fariam isso se a água lhes fizesse algum mal. Outro apontamento na coluna da direita. Sua mão tremeu um pouco enquanto anotava.

Luz do sol. Tentou em vão extrair satisfação ao colocar um item na coluna desejada.

A estaca. Não. Engoliu em seco. Olha lá, ele avisou.

O espelho. Pelo amor de Deus, como pode um espelho ter a ver com germes? Seu rabisco apressado na coluna da direita era quase ilegível. Sua mão tremeu um pouco mais.

Alho. Ele se sentou ali, com os dentes rangendo. Tinha de adicionar ao menos mais um item à coluna dos bacilos; era quase uma questão de honra. Demorou-se nesse último item. Alho, alho. Ele *deveria* afetar o germe. Mas como?

Começou a escrever na coluna da direita, mas, antes que pudesse terminar, a fúria veio das profundezas, como lava jorrando da crista de um vulcão.

Porra!
Amassou o papel em uma bola e arremessou para longe. Ficou ali, estático e enlouquecido, olhando em volta. Queria quebrar coisas, qualquer coisa. Então você pensou que seu período delirante tinha passado, não é?, gritou consigo mesmo, saltando para a frente, a fim de se lançar sobre a barra.

Então, ele se conteve e se afastou. Não, não, não começa, implorou. Duas mãos trêmulas correram por seus cabelos loiros e lisos. Sua garganta se movia convulsivamente, e ele estremeceu com a ânsia repentina de violência.

O som do uísque gorgolejando no copo o enraiveceu. Virou a garrafa de cabeça para baixo e o uísque jorrou em grandes torrentes, respingando nas bordas do copo e sobre o balcão de mogno do bar.

De uma vez, engoliu tudo o que havia no copo completamente cheio, com a cabeça tombada para trás e o uísque escapando pelos cantos da boca.

Eu sou um animal!, rejubilou-se. Eu sou um animal *estúpido* e *idiota*, e eu vou beber!

Esvaziado o copo, ele o atirou para o outro lado da sala. O objeto quicou na estante e rolou pelo tapete. Ah, então você não vai quebrar, não é mesmo?, disse com aspereza dentro de sua cabeça, enquanto saltava sobre o tapete e triturava o copo sob os sapatos pesados.

Depois, ele girou e cambaleou novamente até o bar. Encheu outro copo e entornou o conteúdo garganta abaixo. Eu queria ter um encanamento só de uísque!, pensou. Eu iria ligar a porra de uma mangueira e esguichar a bebida goela abaixo, até que ela saísse pelas minhas orelhas! Até que eu *boiasse* nela!

Atirou o novo copo para longe. Devagar demais, devagar *demais*, droga! Bebeu diretamente da garrafa, tragando furiosamente, odiando a si mesmo, punindo-se com o uísque queimando a garganta, deglutindo os goles com rapidez.

Eu vou me sufocar!, disse, tendo um ataque. Eu vou me estrangular, eu vou me afogar em uísque! Igual ao duque de Clarence com seu vinho malvasia, eu vou morrer, morrer, *morrer*!

Jogou a garrafa vazia do outro lado da sala e ela se espatifou no mural da parede. O uísque escorreu pelos troncos das árvores e até o chão. Neville tropeçou pela sala e pegou um caco da garrafa quebrada. Golpeou o mural, e a borda farpada cortou a imagem, descascando-a para fora da parede. Aqui!, pensou, e seu hálito escapou como vapor. Aqui pra você!

Atirou o vidro para longe, então olhou para baixo ao sentir uma leve dor em seus dedos. Tinha se cortado.

Ótimo!, emocionou-se cruelmente, apertando ambos os lados dos cacos de vidro até o sangue escorrer e cair em gotas grandes no tapete. Sangre até a morte, seu desgraçado patético e inútil!

Uma hora depois, ele estava completamente bêbado, estirado no chão com um sorriso vazio no rosto.

O mundo tinha ido para o inferno. Sem germes, sem ciência. O mundo ruiu ante o sobrenatural, é um mundo sobrenatural. Harper's Bizarre e Saturday Evening Ghost e Ghoul Housekeeping. "O jovem dr. Jekyll" e "A outra esposa de Drácula" e "A morte pode ser bela". "Não seja meio estacado" e as "Pílulas de caixão dos irmãos Smith".

Permaneceu bêbado por dois dias e planejou ficar bêbado até o fim dos tempos ou do suprimento mundial de uísque, aquele que viesse primeiro.

E ele talvez tivesse feito isso, não fosse por um milagre.

Aconteceu na terceira manhã, quando cambaleou para fora, pela varanda, para ver se o mundo ainda estava lá.

Havia um cachorro perambulando pelo gramado.

No segundo em que o animal o ouviu abrir a porta da frente, parou de farejar pela grama, ergueu a cabeça com um pavor súbito e saltou para o lado, arrancando com seus membros esqueléticos.

Por um momento, Robert Neville estava tão chocado que não podia se mexer. Ficou petrificado, encarando o cachorro que mancava velozmente do outro lado da rua, com o rabo comprido entre as pernas.

Ele está *vivo*! À *luz do dia*! Tombou para a frente com um grito estúpido e quase caiu de cara no gramado. Suas pernas ficaram rígidas, seus braços se agitavam para procurar equilíbrio. Então, conteve-se e começou a correr atrás do cão.

– Ei! – chamou, e sua voz rouca quebrou o silêncio da rua Cimarron. – Volta aqui!

Seus sapatos martelavam pela calçada e fora do meio-fio. Cada passo fazia que um aríete batesse contra sua cabeça. Seu coração pulsava forte.

– Ei! – chamou novamente. – Vem cá, garoto.

Do outro lado da rua, o cachorro se mexia vacilante ao longo da calçada, com a pata traseira direita encolhida e as garras pretas estalando no cimento.

– Vem cá, garoto, não vou machucar você! – gritou Robert Neville.

Ele já tinha os pontos, e sua cabeça latejava de dor enquanto ele corria. O cachorro parou por um momento e olhou para trás. Então, disparou por entre duas casas e, por um instante, Neville o viu de lado. Era marrom e branco, vira-lata, com a orelha esquerda pendurada, em farrapos, e seu corpo magro balançando enquanto corria.

– Não vai embora!

Não ouviu o frêmito estridente de histeria em sua voz enquanto gritava aquelas palavras. Engoliu em seco enquanto o cachorro desaparecia por entre as casas. Com um grunhido de medo, ele avançou mancando com rapidez, ignorando a dor da ressaca. Seu único pensamento era pegar aquele cachorro.

Mas, quando chegou até o quintal, o cão havia fugido.

Correu até a cerca de madeira e procurou pelo animal. Nada. Voltou-se repentinamente para ver se o cachorro tinha voltado por onde entrara.

Não havia cão algum.

Vagou por uma hora em torno da vizinhança com as pernas trêmulas, procurando em vão, chamando insistentemente:

– Vem cá, garoto, vem cá.

Por fim, cambaleou até a casa, e seu rosto era uma máscara de desânimo sem esperança. Deparar-se com um ser vivo, depois de todo aquele tempo à procura de companhia, e então perdê-lo. Mesmo que fosse apenas um cachorro. *Apenas* um cachorro? Para Robert Neville, aquele cachorro era o pico da evolução do planeta.

Ele não conseguiu comer nem beber nada. Estava tão enjoado e trêmulo em razão do choque e da perda, que precisava se deitar. Mas não conseguiu dormir. Ficou deitado ali, tremendo febrilmente, enquanto sua cabeça se movia de um lado para o outro no travesseiro.

– Vem cá, garoto – continuou a murmurar, sem se dar conta. – Vem cá, garoto, não vou machucar você.

À tarde, ele procurou novamente. Por duas quadras e em ambas as direções a partir de sua casa. Ele procurou em cada quintal, em cada rua, em cada uma das casas. Mas não encontrou nada.

Quando voltou para casa, lá pelas cinco, colocou do lado de fora uma tigela de leite e um pedaço de hambúrguer. Deixou um anel de dentes de alho em volta, na esperança de que os vampiros não encostassem na comida.

Mas depois pensou que o cachorro também deveria estar infectado, e o alho o manteria afastado. Não conseguia entender. Se o cachorro tinha o germe, como podia perambular ao ar livre durante o dia? A não ser que tivesse uma quantidade tão pequena de bacilos em suas veias, a ponto de que aquilo ainda não o tivesse afetado. Mas, se era verdade, como tinha sobrevivido aos ataques noturnos?

Ah, meu Deus, o pensamento veio a sua mente, e se o cachorro voltar à noite para pegar a comida e eles o matarem? E se ele sair na manhã seguinte e eu encontrar o corpo do cachorro no gramado, sabendo que seria o responsável por sua morte? Eu não vou poder viver com isso, pensou, miseravelmente. Vou estourar os meus miolos se isso acontecer, juro que vou.

Esse pensamento trouxe novamente a questão infinita sobre o porquê de ele ter prosseguido. Tudo bem, agora havia algumas possibilidades para experimentar, mas a vida ainda era um processo árido e triste. Apesar de tudo o que ele tinha ou pudesse chegar a ter (a não ser, é claro, que fosse outro ser humano), a vida não prometia melhorar ou mudar muito. Do modo como as coisas acabaram se ajeitando, ele poderia viver a sua vida, sem nada muito além do que já possuía. E isso continuaria por quantos anos? Trinta, talvez quarenta, se ele não bebesse até a morte.

A ideia de mais quarenta anos vivendo daquela maneira o fez estremecer.

E ele ainda não tinha se matado. É verdade, ele raramente tratava a saúde de seu corpo com grande respeito. Não comia de forma apropriada, não bebia de forma apropriada, não dormia de forma apropriada, nem fazia qualquer coisa de forma apropriada. Sua saúde não duraria indefinidamente; ele suspeitava de que já estava lutando contra as estatísticas.

Mas usar seu corpo descuidadamente não era suicídio. Nunca havia sequer se aproximado da hipótese de suicídio. Por quê?

Não parecia haver resposta. Ele não estava conformado com coisa alguma, não havia aceitado nem se ajustado à vida para a qual ele fora forçado. Ainda assim, aqui estava ele: oito meses após a última vítima da peste, nove desde que ele falara com outro ser humano, dez desde que Virginia morrera. Aqui estava ele, sem futuro e em um presente quase completamente sem esperanças. Ainda se arrastando.

Instinto? Ou ele era apenas estúpido? Muito sem imaginação para destruir a si mesmo? Por que ele não fizera isso no começo, quando estava no mais profundo abismo? O que o levara a reforçar a segurança da casa, a instalar um congelador, um gerador, um fogão elétrico e um tanque de água, a construir uma estufa e uma bancada, a incendiar as casas vizinhas à sua, a coletar discos, livros e uma montanha de suprimentos enlatados, até mesmo – isso era fantástico quando ele parava para pensar –, até mesmo colocar um mural extravagante na parede?

A força vital era algo maior do que palavras? Era uma potência tangível, controladora de mentes? Estaria a natureza, de algum modo, mantendo dentro dele a centelha viva, contra a própria transgressão?

Ele fechou os olhos. Por que pensar, por que raciocinar? Não havia resposta. Sua continuidade era um acidente e uma subordinação impassível. Ele era apenas muito idiota para dar um fim a tudo, e isso meio que resumia a situação.

Mais tarde, remendou o mural rasgado e o colocou de volta ao lugar. Os cortes nem pareciam ser sérios, e só podia percebê-los se observasse o papel bem de perto.

Tentou brevemente retornar ao problema do bacilo, mas percebeu que não podia se concentrar em nada que não fosse o cachorro. Para sua completa surpresa, ele se pegou mais tarde ofertando uma prece balbuciada, para que o cachorro fosse protegido. Foi um momento em que ele sentiu uma necessidade desesperada de acreditar em um Deus que guiasse as suas criações. Mas, mesmo orando, sentiu uma pontada de autocensura e sabia que poderia começar a zombar da própria reza a qualquer segundo.

Contudo, de algum modo, conseguiu ignorar a própria iconoclastia e seguiu orando. Porque ele queria o cão, porque ele precisava do cão.

13

Pela manhã, quando saiu da casa, percebeu que o leite e o hambúrguer tinham desaparecido.

Seus olhos percorreram o gramado. Havia duas mulheres desfalecidas na grama, mas o cachorro não estava lá. Um suspiro de alívio passou por seus lábios. Graças a Deus, pensou. Depois, abriu um grande sorriso. Se eu fosse religioso, pensou, teria encontrado uma justificativa para minha prece.

Logo depois, começou a se repreender por não estar acordado na hora em que o cachorro apareceu. Provavelmente foi depois do amanhecer, quando as ruas estavam tranquilas. O cão devia ter desenvolvido uma sistemática própria para conseguir sobreviver tanto tempo. E Neville deveria ter ficado acordado para vigiar.

    Consolou-se com a esperança de que ele estava conquistando o cachorro, mesmo que com comida. Por alguns instantes, ficou preocupado com a possibilidade de os vampiros terem pegado a comida, e não o cão. Mas esse medo teve fim quando Neville conferiu um pequeno detalhe. O hambúrguer não tinha sido retirado dali por cima do círculo de alho, mas, sim, arrastado através dele até o cimento da varanda. E havia pequenos respingos de leite em volta da vasilha, ainda úmidos, que só podiam ter sido feitos pela língua de um cachorro.

    Antes de tomar o café da manhã, deixou ali mais leite e mais hambúrguer, posicionando-os na sombra, para que o leite não ficasse muito quente. Depois de deliberar por um momento, também colocou uma tigela de água fria.

    Então, depois de comer, levou as duas mulheres até o fogo e, na volta, parou no mercado para apanhar duas dúzias de latas da melhor comida para cachorro, bem como caixas de biscoito canino, doces caninos, xampu para cachorro, remédio contra pulgas e uma escova de aço.

    Meu Deus, até parecia que ele estava tendo um bebê ou algo do tipo, pensou, enquanto se esforçava para voltar ao carro com os braços cheios. Um grande sorriso hesitante se abriu em seus lábios. Para que fingir?, pensou. Estou mais animado do que estive por um ano. A ansiedade que sentira por ver o germe em seu microscópio não era nada comparada com o que estava sentindo graças ao cachorro.

Dirigiu para casa a quase 130 quilômetros por hora e não foi capaz de disfarçar um suspiro de desapontamento ao ver que a carne e a bebida permaneciam intocados. Bom, que diabos você estava esperando?, perguntou-se, sarcasticamente. O cachorro não pode comer de hora em hora.

Repousando a comida para cachorro e o equipamento na mesa da cozinha, olhou para o relógio. Dez e quinze. O cão voltaria quando ficasse com fome novamente. Paciência, disse a si mesmo. Tenha pelo menos *uma* virtude.

Guardou as latas e as caixas. Então, conferiu o lado de fora da casa e a estufa. Havia uma tábua solta que precisava ser consertada e uma vidraça a ser trocada no telhado da estufa.

Enquanto colhia novos bulbos de alho, perguntou-se uma vez mais por que os vampiros nunca atearam fogo em sua casa. Parecia uma tática muito óbvia. Seria possível que eles tivessem medo de fósforos? Ou era só por serem muito estúpidos? Afinal, o cérebro desses seres talvez não funcionasse tão bem como antes. A mudança da vida para a morte móvel poderia ter causado alguma deterioração dos tecidos.

Não, essa teoria não era nem um pouco boa, porque aqueles que ainda estavam vivos também rondavam sua casa à noite. Não havia nada de errado com o cérebro deles, havia?

Ignorou isso. Ele não estava no clima para problemas. Gastou o resto da manhã preparando e pendurando cordões de alho. Mais uma vez, perguntou-se por que os dentes de alho funcionavam. Na lenda eram sempre cabeças de alho. Deu de ombros. Qual era a diferença? A ação dos dentes de alho era a sua habilidade de afugentá-los. Imaginou que as cabeças também deviam funcionar.

Sentou-se junto ao olho mágico depois do lanche, olhando para as tigelas e para o prato. Não havia som, exceto pelo zumbido quase inaudível das unidades de ar-condicionado no quarto, no banheiro e na cozinha.

O cachorro veio às quatro. Neville tinha quase caído em uma soneca enquanto permanecia ali, sentado, mas então seus olhos piscaram e se focaram no cachorro vindo mancando lentamente do outro lado da rua, olhando para a casa com os olhos cautelosos e rodeados por manchas brancas. Ficou pensando no que havia de errado com a pata do cão. Queria muito consertar isso e ganhar a afeição do animal. Sombras de Androcles, pensou, nas trevas de seu lar.

Forçou-se a permanecer sentado e observar. Era incrível o sentimento de afeto e de normalidade que lhe dava ver o cachorro sorvendo o leite e comendo o hambúrguer, enquanto suas mandíbulas se encaixavam e estalavam com prazer. Sentou-se ali com um sorriso suave no rosto, um sorriso do qual ele não estava consciente. Certamente era um bom cão.

Engoliu em seco quando o cachorro acabou de comer e começou a se afastar da varanda. Com um pulo, levantou-se rapidamente do banco e foi em direção à porta da frente.

Então, ele se conteve. Não, não é desse jeito, decidiu, com relutância. Você só vai assustar o bicho se sair. Deixa ele ir agora, deixa ele ir.

Aproximou-se da porta e observou pelo olho mágico o cachorro mancando, cruzando a rua e se escondendo por entre duas casas novamente. Sentiu um aperto na garganta enquanto o via partir. Tá tudo bem, acalmou-se, ele vai voltar.

Saiu de perto da porta e preparou um drinque suave. Sentado na poltrona e bebericando lentamente, perguntou-se para onde o cachorro ia à noite. Inicialmente, ficou preocupado porque o animal não estava na casa com ele. Mas percebeu que, para ter durado tanto, o cão devia ser um mestre em se esconder.

Provavelmente, pensou, era um desses fatos bizarros que não se encaixam nas estatísticas. De algum jeito, seja por sorte, seja coincidência ou, talvez, devido à alguma habilidade própria, aquele único cachorro tinha sobrevivido à peste e às vítimas macabras da peste.

Isso o fez pensar. Se um cachorro, com sua inteligência limitada, foi capaz de garantir sua existência passando por tudo isso, uma pessoa com um cérebro razoável não teria uma chance muito maior de sobreviver?

Neville começou a pensar em outra coisa: era perigoso ter esperança. Esse era um clichê que ele já havia aceitado há tempos.

O cão veio novamente na manhã seguinte. Dessa vez, Robert Neville abriu a porta da frente e saiu. O cachorro imediatamente disparou para longe do prato e das tigelas, com a orelha direita achatada para trás e as pernas se emaranhando desesperadamente pela rua.

Neville se contraiu enquanto reprimia o instinto de persegui-lo. Do modo mais natural que conseguiu, sentou-se na beira da varanda.

Do outro lado da rua, o cachorro correu por entre as casas mais uma vez e desapareceu. Depois de quinze minutos esperando sentado, Neville entrou novamente.

Depois de um pequeno desjejum, colocou mais comida lá fora.

O cachorro veio às quatro e Neville saiu outra vez, agora se assegurando de que o cão já tinha acabado de comer.

Novamente, o cachorro fugiu. Mas, dessa vez, vendo que não estava sendo perseguido, parou do outro lado da rua e olhou para trás por um momento.

– Tá tudo bem, garoto – disse Neville, mas o cão correu de novo ao ouvir o som de sua voz.

Neville sentou-se rigidamente na varanda, rangendo os dentes com impaciência. Droga, qual é o problema com ele?, pensou. *Droga de vira-lata.*

Forçou-se a pensar no que o bicho teria passado até ali. Noites sem fim rastejando na escuridão, escondendo-se Deus sabe onde, seu peito magro palpitando à noite enquanto tudo a sua volta lhe dava calafrios, com os vampiros andando à solta. Imaginou a busca por comida e água, a luta pela vida em um mundo sem donos, alojado em um corpo que o homem tornou dependente de sua mão.

Pobre camarada, pensou, eu vou ser bom com você quando vier morar comigo.

Talvez, ocorreu a Neville, um cão tivesse *mais* chance de sobrevivência que um humano. Cachorros eram menores, poderiam se esconder em lugares que os vampiros não eram capazes de alcançar. Eles provavelmente sentiam a natureza estranha que os rodeava, provavelmente *sentiam o cheiro.*

Isso não o deixou nem um pouco feliz. A despeito da razão, ele se agarrava à esperança de que, algum dia, iria encontrar alguém como ele – um homem, uma mulher, uma criança, não importava. As questões de sexo estavam rapidamente perdendo o sentido sem o estímulo infinito da hipnose coletiva. Mas solidão ele ainda sentia.

Às vezes, mergulhava em devaneios, imaginando encontrar alguém. No entanto, tentava ajustar-se com cada vez mais frequência ao que ele sinceramente acreditava ser inevitável: que ele era, na verdade, o único ser humano que restava no mundo. Ao menos na porção do mundo que ele podia ter a esperança de conhecer.

Pensando sobre isso, ele quase se esqueceu de que a noite se aproximava.

De pronto, levantou o olhar e viu Ben Cortman correndo até ele, atravessando a rua.

– Neville!

Sobressaltou-se na varanda e correu para dentro de casa, fechando e lacrando a porta com as mãos trêmulas.

•

Por certo tempo, ele aparecia na varanda assim que o cão acabava de comer. A cada vez que saía, o cachorro corria. No entanto, com o passar dos dias, corria com uma velocidade cada vez menor, e logo estava parando no meio do caminho e latindo para ele. Neville jamais o seguiu novamente, mas se sentava na varanda e observava. Era um jogo com o qual se divertiam.

Então, um dia, Neville sentou-se na varanda *antes* de o cachorro chegar. E, quando ele apareceu do outro lado da rua, permaneceu sentado.

O cão rondou desconfiado pelo meio-fio por uns quinze minutos, relutante em se aproximar da comida. Neville deslocou-se para o mais longe que podia da comida, a fim de encorajar o cachorro. Sem pensar, cruzou as pernas, e o movimento inesperado fez que o animal se encolhesse. Neville, então, permaneceu em silêncio, e o cão continuou se mexendo na rua, inquieto, enquanto seus olhos se moviam de Neville para a comida.

– Vamos lá, garoto – disse. – Coma sua comida, seja um bom cachorro.

Mais dez minutos se passaram. O cão estava agora na varanda, movendo-se em arcos concêntricos que se tornavam mais e mais curtos.

O cachorro parou. Então, lentamente, muito lentamente, uma pata de cada vez, começou a se mover em direção ao prato e às tigelas. Seus olhos não deixavam Neville nem um segundo.

– Esse é meu garoto – disse Neville baixinho.

O cachorro não vacilou ou recuou ao som de sua voz dessa vez. Neville ainda se assegurou de que permanecesse sentado sem se mexer, para que nenhum movimento abrupto o assustasse.

O animal foi para ainda mais perto, espreitando o prato, com o corpo tenso e esperando pelo menor movimento de Neville.

– É isso aí – Neville disse ao cachorro.

De repente, o cão disparou e agarrou a carne. A risada de satisfação de Neville seguiu seu mancar desesperado e errático atravessando a rua.

– Seu filho da mãe – disse, satisfeito.

Depois, Neville sentou-se e observou o cachorro comer. O animal havia se abaixado em uma varanda amarela do outro lado da rua, e seus olhos miravam Neville enquanto devorava o hambúrguer. Aproveita, pensou, observando o cão. De agora em diante você vai ter de se contentar com a comida de cachorro. Não posso mais deixar você ter carne fresca.

O animal se aprumou quando terminou e atravessou a rua de novo, um pouco menos hesitante. Neville ainda estava sentado, sentindo o coração bater nervosamente. O cão estava começando a confiar nele e, por algum motivo, isso lhe dava arrepios. Sentou-se ali, com os olhos fixos no animal.

– É isso aí, garoto – ouviu-se dizer em voz alta. – Pegue sua água agora; isso, bom cachorro.

Ele viu a orelha boa do cachorro se levantar e um sorriso súbito de deleite ergueu-se em seus lábios.

Ele está *ouvindo*!, pensou, animado. Ele ouve o que eu digo, esse filho da mãe!

— Vamos lá, garoto. — Passou a falar com ansiedade. — Pega sua água e seu leite agora, isso, bom cachorro. Eu não vou machucar você.

O cão foi até a água e bebeu cautelosamente, com a cabeça se erguendo em movimentos súbitos para observar Neville e, então, descendo para bebericar de novo.

— Eu não estou fazendo nada — disse ao cachorro.

Não podia deixar de perceber quão esquisita sua voz soava. Quando um homem não escuta o som da própria voz por quase um ano, ela soa muito estranha para ele. Um ano era tempo demais para se viver em silêncio. Quando você vier morar comigo, pensou, vou falar até sua orelha cair.

O cão acabou com a água.

— Vem cá, garoto — Neville disse convidativamente, dando tapinhas em sua perna. — *Vem* cá.

O cachorro olhou para ele com curiosidade, e sua orelha boa se mexeu mais uma vez. Aqueles olhos, Neville pensou. Que mundo de sentimentos naqueles olhos! Desconfiança, medo, esperança, solidão: tudo gravado naqueles grandes olhos castanhos. Coitadinho.

— Vem cá, garoto, eu não vou machucar você — disse, gentilmente.

Então, ele se levantou e o cão fugiu. Neville ficou ali parado, olhando para o cachorro fujão, balançando a cabeça lentamente.

Mais dias se passaram. A cada dia, Neville permanecia sentado na varanda enquanto o cachorro comia e, em pouco tempo, o animal se aproximava do prato e das tigelas sem hesitação, quase audaciosamente, com a segurança do cão que conhece a conquista humana.

E Neville conversava todo o tempo com ele.

– Bom garoto. Coma toda a comida. Comida boa, não é? Claro que é. Eu sou seu amigo, eu dou essa comida a você. Coma tudo, garoto, é isso aí. *Bom cachorro* – dizia, adulando, elogiando, despejando palavras suaves na mente apavorada do cão enquanto o bicho comia.

E, a cada dia, sentava-se um pouquinho mais perto dele, até que chegou o momento em que podia alcançar e tocar o cão, se ele se esticasse um pouquinho. No entanto, não o fez. Eu não vou arriscar, disse a si mesmo. Eu não quero assustá-lo.

Mas era difícil manter as mãos paradas. Quase podia senti-las se contraindo empaticamente com o intenso desejo de alcançar e afagar a cabeça do cão. Ele tinha uma ânsia tão terrível de amar novamente alguma coisa; e o cachorro era tão maravilhosamente feio.

Continuou falando com o cão até que ele ficasse completamente acostumado com o som de sua voz. Agora o cachorro dificilmente se virava quando ele falava. Ele vinha e ia sem agitação, comendo e latindo seu breve agradecimento do outro lado da rua. Daqui a pouco, Neville pensou, vou poder afagar a cabeça dele. Os dias se tornaram agradáveis semanas, cada hora deixando Neville mais próximo de um companheiro.

Daí, um dia, o cachorro não veio.

Neville entrou em pânico. Estava tão acostumado com as visitas do animal que isso se tornou o eixo de sua rotina diária, com tudo se encaixando em torno dos horários de refeição do cachorro. A investigação havia sido esquecida, e Neville colocara tudo de lado, à exceção do desejo de ter o animal em seu lar.

Passou uma tarde desgastante procurando pela vizinhança, chamando em voz alta pelo cão. Mas mesmo a busca cuidadosa não deu em nada, e ele voltou para casa, para um jantar insípido. Nessa noite, o cachorro não apareceu para jantar, nem para o café na manhã seguinte. Neville procurou o animal de novo, mas com menos esperança. Eles o pegaram, ouvia dizerem as vozes em sua mente, aqueles desgraçados o pegaram. Mas não podia acreditar de verdade nisso. Ele não podia se deixar acreditar.

Na tarde do terceiro dia, ele estava na garagem quando ouviu o som da tigela de metal tinindo lá fora. Arfando, correu para fora, à luz do dia.

– Você *voltou*! – e chorou.

O cachorro se afastou do prato nervosamente, com água pingando das mandíbulas.

O coração de Neville saltou. Os olhos do cão estavam vidrados e sua respiração estava ofegante, com a língua escura pendurada para fora.

– Não – disse, com sua voz cortante. – Ah, *não*.

O cachorro ainda se afastava, atravessando o gramado em um rastro trêmulo de pernas. Neville sentou-se rapidamente nas escadas da varanda e ficou ali, tremendo. Ah, não, pensou angustiado, ah, meu Deus, *não*.

Sentou-se ali, observando-o tremer irregularmente enquanto lambia a água. Não. Não. Não é verdade.

– Não é verdade – murmurou, sem perceber.

Então, instintivamente, estendeu a mão. O cão recuou um pouco, com os dentes à mostra em um grunhido gutural.

– Tá tudo bem, garoto – Neville disse, silenciosamente. – Eu não vou machucar você. – Ele nem sabia mais o que estava dizendo.

Não podia impedir que o cachorro partisse. Tentou segui-lo, mas o cão tinha ido embora antes que Neville pudesse descobrir onde se escondia. Decidiu que tinha de ser debaixo de uma casa em algum lugar, mas isso não era nenhum consolo.

Não conseguiu dormir naquela noite. Andou inquieto, bebeu jarras de café e amaldiçoou a morosidade do tempo. Ele tinha de pegar o cão, ele *tinha*. E logo. Ele tinha de curá-lo.

Mas como? Engoliu em seco. Tinha de haver um jeito. Mesmo com o pouco que sabia, *tinha de haver* um jeito.

Na manhã seguinte, sentou-se estanque ao lado da tigela e sentiu os lábios tremendo enquanto o cão vinha mancando lentamente, atravessando a rua. O cachorro não comeu nada. Seus olhos estavam mais embotados e apáticos do que no dia anterior. Neville queria pular nele e tentar agarrá-lo, levá-lo para dentro de casa, cuidar dele.

Mas sabia que, se pulasse e errasse, talvez estragasse tudo. O cachorro poderia nunca mais voltar.

Durante toda a refeição, sua mão ficou se contraindo, na ânsia de afagar a cabeça do cachorro. Mas, toda vez que ele tentava fazê-lo, o animal se encolhia, com um rosnado. Tentou ser enérgico.

– *Pare* com isso! – disse, em um tom firme e zangado, mas isso apenas assustou o cão ainda mais e o fez se afastar para mais longe dele. Neville teve de conversar com o cachorro por quinze minutos, com sua voz soando rouca e trêmula, antes que ele pudesse retornar à água.

Desta vez ele conseguiu seguir o cão, que andava lentamente, e descobriu sob qual casa ele se contorcia. Havia uma pequena tela de metal que ele podia colocar sobre a abertura, mas não o fez. Não queria apavorar o animal. Além disso, se o fizesse, não haveria nenhum outro jeito de pegar o cachorro a não ser através do piso da casa, e isso poderia demorar muito. Ele tinha de pegá-lo rápido.

Quando o cachorro não voltou naquela tarde, Neville pegou um prato de leite e o colocou sob a casa em que ele estava. Na manhã seguinte, a tigela estava vazia. Ele ia colocar mais leite ali quando percebeu que, se continuasse assim, talvez o cachorro nunca mais saísse de seu covil. Colocou a tigela de volta na frente de sua casa e rezou para que o cão fosse forte o suficiente para chegar até ela. Ele estava preocupado demais até mesmo para criticar sua oração absurda.

Quando o cachorro não apareceu naquela tarde, voltou e olhou lá dentro. Andou de um lado para o outro e quase colocou leite ali novamente. Não, daí o cachorro *nunca mais* iria sair.

Voltou para casa e passou uma noite insone. O cão não veio pela manhã. Ele foi novamente até a casa em que o animal estava escondido. Prestou atenção na abertura do esconderijo, mas não ouviu qualquer som de respiração. Ou ele estava muito longe para que Neville pudesse ouvi-lo ou...

Voltou para casa e sentou-se na varanda. Não tomou café da manhã nem almoçou. Apenas ficou ali, sentado.

Naquela tarde, o cão veio mancando por entre as casas, movendo-se lentamente com as pernas esqueléticas. Neville forçou-se a ficar sentado ali, sem se mover, até que o cachorro chegasse à comida. Então, velozmente, esticou a mão e o pegou.

Imediatamente o cão tentou mordê-lo, mas ele pegou as mandíbulas com a mão direita e manteve a boca do animal fechada. O corpo magro e quase sem pelos se contorceu debilmente naquele aperto, e gemidos e lamentos aterrorizados pulsaram na garganta do animal.

– Tá tudo bem, garoto – dizia Neville, continuamente. – Tá tudo bem, garoto.

Com rapidez, ele levou o animal até seu quarto, colocando-o na pequena cama de cobertores que preparara para o cão. Assim que tirou a mão de seu focinho, o cachorro tentou mordê-lo mais uma vez, e Neville se afastou. O cão precipitou-se sobre o linóleo, arranhando-o violentamente com as patas, indo em direção à porta. Neville saltou e bloqueou seu caminho. As pernas do cachorro patinavam na superfície lisa e, então, ele escorregou e desapareceu debaixo da cama.

Neville ficou de joelhos e olhou para debaixo da mobília. Ali, nas sombras, ele viu dois olhos incandescentes e o ouviu ofegando de forma irregular.

– *Vamos*, garoto – implorou, infeliz. – Eu não vou machucar você. Você está doente. Precisa de ajuda.

O cão não se mexia. Com um suspiro, Neville finalmente se levantou e saiu, fechando a porta atrás de si. Foi para a varanda, pegou as tigelas e as encheu com leite e água. Colocou-as no quarto, perto da cama do cachorro.

Ficou um momento em sua própria cama, ouvindo o cão ofegante, com sua face marcada pelo medo.

– Ah – lamentou, com um murmúrio. – Por que você não *confia* em mim?

•

Estava comendo o jantar quando ouviu o choro horrível e o ganido.

Com o coração disparado, saltou da mesa e correu atravessando a sala. Escancarou a porta do quarto e acendeu a luz.

No canto, próximo à bancada, o cachorro estava tentando cavar um buraco no chão.

Gemidos aterrorizados sacudiam o corpo dele, enquanto suas patas dianteiras cravavam freneticamente o linóleo, escorregando inutilmente no material liso.

– Garoto, está tudo bem – Neville disse, rapidamente.

O cachorro fugiu dele e voltou para o canto, com os pelos arrepiados e os dentes amarelados expostos, e um som meio demente agitava sua garganta.

De repente, Neville entendeu o que estava errado. Era noite, e o animal aterrorizado estava tentando cavar um buraco para se enterrar ali.

Ficou lá, impotente, enquanto seu cérebro se recusava a trabalhar apropriadamente e o cachorro se afastava do canto, para depois afundar debaixo da bancada.

Por fim, Neville teve uma ideia. Foi rapidamente até a cama e tirou o cobertor de cima. Voltando à bancada, agachou-se e olhou por debaixo dela.

O cachorro estava quase grudado contra a parede, com o corpo tremendo violentamente e rosnados guturais espumando de sua garganta.

– Está tudo bem, garoto – ele disse. – Tudo bem.

O cão encolheu-se enquanto ele prendia o cobertor debaixo da bancada. Então, Neville levantou-se, foi até a porta e permaneceu ali por um minuto, olhando para trás. Se eu apenas pudesse *fazer* alguma coisa, pensou, indefeso. Mas nem consigo chegar perto dele.

Ele decidiu, carrancudo, que, se o cachorro não começasse a aceitá-lo logo, ele teria de tentar um pouco de clorofórmio. Daí ele poderia, ao menos, trabalhar no cão, consertar sua pata e tentar, de algum jeito, curá-lo.

Voltou à cozinha, mas não conseguiu comer. Por fim, jogou o conteúdo de seu prato no lixo e despejou o café de volta à jarra. Na sala, preparou um drinque e bebeu. Tinha um gosto insípido e insosso. Colocou de lado o copo e voltou para o quarto, com um semblante sombrio.

O cachorro tinha se enterrado sob as dobras do cobertor e, ali, ainda estava tremendo e ganindo sem parar. Não adiantava tentar fazer alguma coisa agora: ele estava muito assustado.

Neville andou de volta até a cama e se sentou. Passou as mãos pelos cabelos e, então, as colocou sobre o rosto. Curar, curar, pensou, e uma de suas mãos se fechou em um punho para atingir, com fraqueza, o colchão.

Esticando o braço abruptamente, ele apagou a luz e deitou-se, todo vestido. Já deitado, tirou as sandálias e as ouviu bater no assoalho.

Silêncio. Ficou ali deitado, encarando o teto. Por que não me levanto?, ponderou. Por que não faço *alguma coisa?*

Virou-se de lado. Tente dormir, ande. As palavras vieram automaticamente. No entanto, ele sabia que não ia conseguir dormir. Deitou-se no escuro, ouvindo o ganido do cão. Morrer, ele vai morrer, continuou a pensar, não há nada no mundo que eu possa fazer.

Enfim, sem poder suportar mais o som, ele acendeu a luminária ao lado da cama. Enquanto se movia pelo quarto com os pés calçados apenas com meias, ouviu o cão tentando repentinamente se livrar da coberta. Mas ele estava todo emaranhado e começou a latir, sentindo um medo extremo, enquanto seu pequeno corpo se agitava sem controle sob o tecido.

Neville se ajoelhou ao lado dele e colocou as mãos em seu corpo. Ouviu o rosnar sufocado e o estalido abafado dos dentes do animal enquanto tentava mordê-lo através do cobertor.

– Está tudo bem – disse. – Agora, pare.

O cachorro continuava lutando contra ele. Seu ganido agudo nunca parava, seu corpo magricela tremia descontroladamente. Neville colocou as mãos com firmeza no corpo do animal, prendendo-o, conversando com ele calma e gentilmente.

– Está tudo bem agora, cara, *tudo bem*. Ninguém vai machucar você. Agora, fique calmo. Vamos lá, relaxe. Vamos lá, garoto. Fique calmo. Relaxe. Está certo, relaxe. Isso. Tranquilo. Ninguém vai machucar você. A gente vai cuidar de você.

Ficou falando sem parar por quase uma hora; sua voz era um murmúrio hipnótico no silêncio do quarto. E, devagar, com hesitação, o tremor do cachorro abrandou. Um sorriso surgiu nos lábios de Neville enquanto ele falava e falava.

– Está certo. Agora, fique calmo. A gente vai cuidar de você.

Logo o cachorro ficou imóvel sob as mãos fortes, e seu único movimento era a respiração áspera. Neville começou a afagar a cabeça dele, começou a passar a mão direita sobre o corpo dele, acariciando-o e acalmando-o.

– Isso, bom cachorro – disse, suavemente. – *Bom* cachorro. Eu vou tomar conta de você. Ninguém vai machucar você. Você entende, não entende, cara? Claro que entende. Claro. Você é *meu* cachorro, não é?

Ele se sentou com cuidado no linóleo frio, ainda afagando o cão.

– Você é um bom cachorro, um *bom* cachorro.
Sua voz era calma, o cão estava quieto e resignado.
Pegou o animal após uma hora. Por um momento, o cão lutou e começou a ganir, mas Neville falou de novo com ele, que logo se acalmou.

Sentou-se em sua cama e segurou o cachorro coberto em seu colo. Ficou ali por horas segurando o cão, afagando-o, acariciando-o e falando com ele. O cachorro ficou imóvel em seu colo, respirando com mais facilidade.

Eram quase onze daquela noite quando Neville desfez lentamente as dobras do cobertor e expôs a cabeça do cão.

O animal se encolheu com medo da mão de Neville, tentando sem muito esforço mordê-lo. Mas Neville continuou falando calmamente com o cachorro e, depois de um tempo, sua mão parou no pescoço quente do animal. Ele movia seus dedos gentilmente, coçando e acariciando.

Sorriu para o cachorro, sua garganta se movia.

– Você vai ficar bom logo – sussurrou. – Logo, logo.

O cachorro olhou para ele com seus olhos embotados e doentes, e, então, sua língua se agitou para fora e lambeu áspera e umidamente toda a palma da mão de Neville.

Algo se soltou no peito de Robert. Permaneceu ali sentado, em silêncio, enquanto lágrimas corriam por seu rosto.

Em uma semana, o cachorro estava morto.

14

Não havia bebedeira em excesso. Longe disso. Descobriu que, de fato, estava bebendo menos. Algo tinha mudado. Tentando analisar isso, chegou à conclusão de que seu último drinque o tinha colocado no fundo, bem no nadir do desespero frustrado. Agora, a não ser que ele se colocasse debaixo da terra, o único caminho que poderia seguir era para cima.

Depois das primeiras semanas construindo uma esperança intensa a respeito do cachorro, tinha ficado aos poucos evidente que a esperança intensa não era a resposta, nem nunca seria. Em um mundo de horror monótono, não podia haver salvação, nem nos sonhos mais loucos. Ao horror, ele se ajustou. Mas a monotonia era o grande obstáculo a ser ultrapassado, e ele percebia isso agora, finalmente compreendia. E entender isso parecia dar a ele uma espécie de paz tranquilizadora, um senso de ter espalhado todas as cartas em sua mesa mental, de tê-las examinado para enfim decidir pela mão desejada.

Enterrar o cão não foi a agonia que ele supôs que seria. De certo modo, foi quase como queimar esperanças surradas e entusiasmos falsos. Daquele dia em diante, aprendeu a aceitar o calabouço no qual ele existia, sem procurar por uma saída com heroísmo súbito, nem bater sua maldita cachola nas paredes.

E assim, resignado, voltou ao trabalho.

•

Acontecera havia quase um ano, vários dias depois de ele ter colocado Virginia em seu segundo e último repouso.

Oco e desolado, com um senso de perda absoluto dentro dele, estava andando pelas ruas no final de uma tarde, com as mãos apáticas soltas para o lado, os pés trançando no ritmo do desespero. Seu rosto não refletia nada da agonia impotente que ele sentia. Seu rosto era um vazio.

Estava perambulando pelas ruas havia horas, sem saber nem se preocupar com para onde estava indo. Tudo o que sabia é que não podia voltar para os quartos desocupados da casa, não podia olhar para as coisas que as duas tinham tocado, segurado e conhecido com ele. Não podia olhar para a cama vazia de Kathy, para suas roupas ainda penduradas no armário e que, agora, não serviam para nada; não podia olhar para a cama em que ele e Virginia tinham dormido, para as roupas de Virginia, suas joias, todos os seus perfumes na penteadeira. Ele não podia chegar perto da casa.

Então, andou e perambulou, e não sabia onde estava quando as pessoas começaram a aparecer, vagando desesperadas, quando o homem pegou seu braço e espirrou alho em seu rosto.

– Venha, irmão, venha – disse o homem, com sua voz irritante. Viu a garganta do homem se mexer como a pele pegajosa de um peru, as bochechas manchadas de vermelho, os olhos febris, a roupa preta sem passar e sem lavar. – Venha e seja salvo, irmão, *salvo*.

Robert Neville encarou o homem. Ele não entendia. O homem o puxou, seus dedos como os de um esqueleto no braço de Neville.

– Não é tarde demais, irmão – disse o homem. – A salvação vem para aquele que...

A última de suas palavras estava agora perdida no som do burburinho crescente na grande tenda da qual se aproximavam. Era como se o mar estivesse aprisionado em uma lona, rugindo para escapar. Robert Neville tentou libertar seu braço.

– Eu não quero...

O homem não escutava. Ele puxou Neville consigo e eles andavam em direção à fonte de choro e de passos. O homem não o soltava. Era como se Robert Neville estivesse sendo arrastado por um maremoto.

– Mas eu não...

A tenda o havia engolido; então, o oceano de gritaria, dos passos e do som das palmas o tragou. Ele se encolheu por instinto e sentiu que seu coração começava a bombear pesadamente. Estava agora cercado por pessoas, centenas delas, crescendo e se acumulando à sua volta como águas que se aproximam. E gritando e aplaudindo e clamando palavras que Robert Neville não conseguia entender.

Então, os gritos cessaram e ele ouviu a voz que atravessou a meia-luz como um punhal, esfaqueando o destino, que crepitava e refreava estridentemente pelo sistema de alto-falantes.

– Vocês querem temer a cruz sagrada de Deus? Vocês querem olhar no espelho e não ver a face que Deus Todo-Poderoso lhes deu? Vocês querem retornar rastejando de volta da sepultura como um monstro do inferno? – A voz intimava, rouca, pulsante e motivadora. – Vocês querem ser transformados em um animal profano das trevas? Vocês querem manchar o céu noturno com asas de morcego vindas do inferno? Eu lhes pergunto: vocês querem se transmutar em casacas ímpias e amaldiçoadas da noite, em criaturas de danação eterna?

– Não! – As pessoas irromperam, em um estado de terror. – Não! *Salve* a gente!

Robert Neville se afastou, esbarrando em verdadeiros fiéis de dentes à mostra e que acenavam aos céus sombrios em busca de socorro.

– Bem, eu estou *dizendo* a vocês! Estou *dizendo* a vocês, então ouçam a palavra de Deus! Vejam, o mal deverá avançar de nação a nação, e os assassinados do

Senhor estarão, nesse dia, de uma extremidade da Terra até a outra extremidade da Terra. Isso é mentira, isso é *mentira*?

– Não! *Não*!

– Eu lhes digo que, a menos que nos tornemos criancinhas, imaculadas e puras aos olhos de nosso Senhor... A menos que nos levantemos e clamemos pela glória de Deus Todo-Poderoso e de Seu unigênito, Jesus Cristo, nosso Salvador... A não ser que fiquemos *de joelhos* e imploremos perdão por nossos graves delitos... Estamos condenados! Eu irei dizer novamente, então *escutem*! Nós estamos condenados, nós estamos condenados, *nós estamos condenados*!

– Amém!

– *Salve a gente*!

As pessoas se enroscavam, lamentavam, batiam na própria testa, guinchavam em um terror mortal e berravam terríveis aleluias.

Robert Neville foi empurrado para lá, tropeçando e perdido em uma esteira de esperanças, em um tiroteio de adoração frenética.

– Deus está nos punindo por nossas grandes transgressões! Deus libertou a força terrível de Sua ira toda-poderosa! Deus soltou o segundo dilúvio sobre nós... Um dilúvio, uma enchente, uma torrente de consumação mundial de criaturas do *inferno*! Ele abriu a sepultura, Ele violou a cripta, Ele retornou os mortos de suas tumbas sombrias... *E os liberou sobre nós*! E a morte e o inferno ofereceram os mortos que lá se encontravam! Essa é a Palavra de Deus! Ó, Deus, Vós nos punistes! Ó, Deus, Vós tendes visto a terrível face de nossas transgressões! Ó, Deus, Vós tendes nos infligido com o poder de Vossa ira toda-poderosa!

Palmas soaram como o som do fogo irregular de rifles, balançando corpos como caules em uma tempestade terrível, gemidos da grande morte possível, berros dos lutadores vivos. Robert Neville foi puxado através de suas fileiras violentas, de seus rostos pálidos, de mãos diante de si como as de um homem cego pedindo abrigo.

Ele escapou, fraco e tremendo, cambaleando para longe deles. Dentro da tenda as pessoas berravam. Mas a noite já havia caído.

•

Pensou sobre isso agora enquanto se sentava na sala, com uma bebida suave, um texto de psicologia descansando em seu colo.

Uma citação tinha iniciado essa linha de pensamento, mandando-o de volta para aquela tarde, dez meses atrás, quando ele fora puxado para o encontro selvagem do renascimento.

"Esta condição, conhecida como cegueira histérica, pode ser parcial ou completa, envolvendo um, muitos ou todos os objetos."

Essa era a citação que tinha lido. Ela o fez começar a trabalhar no problema mais uma vez.

Uma nova abordagem, agora. Antes, ele tinha persistido, com teimosia, em atribuir todo o fenômeno vampiresco ao germe. Como alguns desses fenômenos não se encaixavam com a hipótese dos bacilos, ele se sentiu inclinado a julgar os motivos como superstições. Verdade seja dita, ele havia considerado explicações psicológicas, mas nunca dera realmente muito crédito a tal possibilidade. Agora, finalmente livre de preconcepções inflexíveis, ele o fez.

Ele sabia que não havia motivo para que alguns dos fenômenos fossem causados por fatores físicos, mas os demais fossem psicológicos. Agora que aceitava isso, parecia uma daquelas respostas óbvias que apenas um cego não seria capaz de enxergar. Bom, eu sempre fiz o tipo cego, pensou, em um divertimento silencioso.

Considere, refletiu então, o choque sofrido por uma vítima da peste.

No final da peste, a imprensa marrom tinha disseminado um temor canceroso dos vampiros por todos os cantos da nação. Ele podia se lembrar dos artigos pseudocientíficos imprudentes que camuflavam uma campanha de pavor, projetada para vender jornais.

Havia algo grotescamente divertido nisso, na tentativa frenética de vender jornais enquanto o mundo morria. Nem todos os jornais fizeram isso. Aqueles que tinham vivido com honestidade e integridade morreram do mesmo modo.

No entanto, a imprensa marrom fora *agressiva* em seus últimos dias. Além disso, um grande surto de revivalismo tinha ocorrido. No desespero típico por respostas rápidas, facilmente compreensíveis, pessoas se voltaram para cultos primitivos como solução. A emenda foi pior que o soneto. Não apenas eles morreram tão rápido quanto o resto das pessoas, como morreram com terror no coração, com um pavor mortal fluindo nas veias.

E então, Robert Neville pensou, ter esse pavor hediondo justificado. Reconquistar a consciência abaixo de solo quente e pesado e saber que a morte não lhes traria descanso. Encontrarem-se arranhando através da terra, com seus corpos guiados agora por uma necessidade estranha e terrível.

Tais choques traumáticos podiam desfazer a racionalidade que lhes restava. E tais choques podiam explicar muito.

Primeiramente, a cruz.

Uma vez que eles foram forçados a aceitar que o pavor de serem repelidos por um objeto – até então ponto focal de adoração – tinha fundamento, suas mentes podiam ter surtado. O medo da cruz brotou. Movidos por uma repulsa que já havia sido capaz de criar pavores, os vampiros podiam ter adquirido uma aversão mental intensa ao objeto. Tal antipatia criada por si mesmos teria, enfim, construído um bloqueio em suas mentes enfraquecidas, tornando-os cegos diante da própria imagem abominável. Isso os teria tornado solitários, escravos de almas perdidas na noite, temerosos de se aproximarem de qualquer um, vivendo uma existência arredia, frequentemente procurando consolo no solo de sua terra nativa, lutando para conquistar um senso de comunhão com alguma coisa, com qualquer coisa.

A água? Isso ele *realmente* entendia como superstição: uma transferência da lenda tradicional de que as bruxas seriam incapazes de cruzar a água corrente, como estava escrito na história de Tam O'Shanter. Bruxas, vampiros... Entre todos esses seres temidos existia uma espécie de afinidade entrelaçada. Lendas e superstições poderiam se sobrepor, e de fato se sobrepunham.

E os vampiros vivos? Agora isso também era simples.

Em vida, eles eram os dementes, os insanos. Que suporte melhor que o vampirismo para que se sentissem parte de algo maior? Estava certo de que todos os vivos que vinham à sua casa durante a noite eram insanos, pensando em si mesmos como verdadeiros vampiros, apesar de, na verdade, serem apenas dementes. E isso explicaria por que nunca tomavam a atitude óbvia de queimar a casa. Eles simplesmente não conseguiam pensar logicamente.

Lembrou-se do homem que, uma noite, tinha caído do topo do poste de luz em frente à casa e, enquanto Robert Neville observava pelo olho mágico, tinha saltado pelo espaço, balançando os braços freneticamente. Neville não foi capaz de explicar isso na época, mas, agora, a resposta parecia óbvia. O homem pensou que era um morcego.

Neville sentou-se e observou o copo meio vazio, com um pequeno sorriso instalado nos lábios.

Então, pensou calmamente, é claro, descobrimos a verdade sobre eles. Descobrimos que não são uma raça invencível. Longe disso: eram uma raça perecível, que requeria a mais estrita das condições físicas para a manutenção de sua existência miserável.

Colocou seu drinque na mesa. Não preciso disso, pensou. Não preciso mais alimentar minhas emoções.

Não preciso de bebida para esquecer ou para escapar de qualquer coisa. Não tenho de escapar de nada. Não agora.

Pela primeira vez desde que o cachorro morrera, ele sorriu e sentiu dentro de si uma satisfação tranquila e bem regulada. Ainda havia muitas coisas para aprender, mas não tantas como antes. Estranhamente, a vida estava se tornando quase suportável. Eu visto o manto do ermitão sem um grito, pensou.

Na vitrola, a música tocava, calma e sem pressa.

Lá fora, os vampiros esperavam.

JUNHO DE 1978

PARTE III

15

Ele estava do lado de fora, caçando o Cortman. Tinha se tornado um hobby relaxante, caçar o Cortman; uma das poucas diversões que lhe restara. Naqueles dias, quando não queria sair da vizinhança e não havia trabalho a ser feito na casa, Neville costumava procurar por ele. Sob os carros, atrás dos arbustos, debaixo das casas, nas lareiras, em armários, em geladeiras, em qualquer lugar em que o corpo de um homem moderadamente volumoso pudesse se espremer.

Ben Cortman podia de fato estar em algum daqueles lugares, em algum momento. Ele trocava seu esconderijo constantemente. Neville tinha certeza de que Cortman sabia que ele queria capturá-lo. Mais que isso: sentia que Cortman apreciava o perigo nisso. Se não fosse um anacronismo óbvio, Neville poderia dizer que Ben Cortman tinha certa alegria de viver. Às vezes, pensava que Cortman estava mais feliz agora do que jamais estivera antes.

Neville caminhou devagar pela avenida Compton, em direção à próxima casa que pretendia investigar. Uma manhã rotineira tinha se passado. Cortman não fora encontrado, apesar de Neville saber que ele estava em algum lugar na vizinhança. Ele tinha de estar, porque era sempre o primeiro a chegar na casa, à noite. Os outros eram, quase sempre, desconhecidos. Sua rotatividade era grande, porque invariavelmente ficavam na vizinhança e Neville acabava encontrando e destruindo alguns deles. Cortman, não.

Enquanto andava, Neville perguntava-se novamente o que faria ao encontrar Cortman. Na verdade, seu plano sempre tinha sido o mesmo: eliminação imediata. Mas isso era apenas um verniz. Sabia que não seria tão fácil. Ah, não é que ele sentisse algo em relação a Cortman. Não era nem mesmo porque Cortman representava uma parte de seu passado. O passado estava morto. Ele sabia disso e aceitava.

Não, não era qualquer uma dessas coisas. Era provável que, Neville decidiu, ele não quisesse eliminar aquela que lhe era uma atividade recreativa. Os outros eram criaturas maçantes, como uma espécie de robôs. Ben, ao menos, tinha alguma imaginação.

Por algum motivo, seu cérebro não tinha se enfraquecido como o dos outros. Podia ser, Neville frequentemente teorizava, que Ben Cortman tivesse nascido para ser morto. Morto-vivo, é isso, pensou, com um sorriso torto brincando nos lábios.

Não pensava mais que Cortman estivesse lá fora para matá-lo. Essa seria uma ameaça insignificante.

Neville sentou na próxima varanda, soltando um suspiro demorado. Depois, com um movimento letárgico, pegou seu cachimbo no bolso. Com o polegar, socou tiras grosseiras de tabaco no bojo do cachimbo. Em poucos momentos, o torvelinho de fumaça estava flutuando sobre sua cabeça, subindo no ar quente e parado.

Era um Neville maior e mais relaxado, aquele que olhava para fora, através do campo largo no outro lado da avenida. Uma vida de ermitão, encaminhada de maneira uniforme, aumentara seu peso para pouco mais de cem quilos. Seu rosto estava redondo, seu corpo era largo e musculoso por baixo da camisa de brim folgada que usava. Fazia tempo que ele tinha parado de se barbear. Apenas raramente aparava a espessa barba loira, então ela permanecia com cinco ou dez centímetros de comprimento. Seu cabelo estava ficando ralo, comprido e desgrenhado. Adornando o bronzeado profundo da pele, seus olhos azuis eram calmos e impassíveis.

Recostou-se contra o degrau de tijolos, baforando nuvens lentas de fumaça. Lá longe, do outro lado desse campo, ele sabia que existia uma depressão no solo, na qual ele tinha enterrado Virginia – e da qual ela mesma tinha se desenterrado. Mas saber disso não trouxe nem um vislumbre de culpa a seus olhos. Em vez de continuar sofrendo, tinha aprendido a se entorpecer até a introspecção. O tempo tinha perdido seu escopo multidimensional. Para Robert Neville, havia apenas o presente; um presente baseado na sobrevivência diária, não marcado por picos de alegria ou pelas profundezas do desespero. Eu sou quase um vegetal, ele pensava com frequência. Era assim que ele queria que fosse.

Robert Neville permaneceu sentado, contemplando o ponto branco no campo por diversos minutos, até perceber que ele estava se movendo.

Seus olhos piscaram uma vez, e sua pele retesou em sua face. Sua garganta produziu um som leve, o som de uma dúvida incrédula. Então, levantando-se, ergueu a mão esquerda para proteger os olhos do sol.

Seus dentes mordiam convulsivamente a boquilha do cachimbo.

Uma mulher.

Ele nem mesmo tentou pegar o cachimbo que caiu da boca quando sua mandíbula ficou solta. Por um longo momento, apenas ficou ali, prendendo a respiração na escada da varanda, encarando a mulher.

Fechou os olhos, depois abriu. Ela ainda estava lá. Robert Neville podia sentir a batida crescente em seu peito, enquanto a observava.

Ela não o viu. Mantinha a cabeça baixa, à medida que caminhava através do campo largo. Ele podia ver seu cabelo avermelhado esvoaçando na brisa, seus braços balançando livremente ao lado do corpo. Ele engoliu em seco. Era uma visão tão incrível após três anos, que sua mente não podia assimilá-la. Continuou piscando e encarando a cena, enquanto permanecia imóvel à sombra da casa.

Uma mulher. Viva. *À luz do dia.*

Ficou, com a boca parcialmente aberta, pasmo com a mulher. Ela era jovem, podia ver agora, à medida que ela chegava perto. Provavelmente estava na casa dos vinte anos. Usava um vestido branco, amassado e sujo. Era muito morena, e seu cabelo era ruivo. No silêncio morto da tarde, Neville pensou ter ouvido o crepitar de seus sapatos na grama alta.

Estou ficando louco. As palavras surgiram espontaneamente em sua cabeça. Sentiu-se menos chocado com essa possibilidade do que com a de que a mulher fosse real. De fato, ele vinha se preparando vagamente para tal ilusão. Parecia plausível. O homem que morria de sede via miragens de lagos. Por que um homem sedento por companhia não deveria ver uma mulher andando sob o sol?

Sobressaltou-se de repente. Não, não era isso. Pois, a não ser que sua ilusão tivesse som além de movimento, ele agora ouvia seu caminhar pela grama. Sabia que era real: o movimento de seus cabelos, de seus braços. Quem era ela? Para onde estava indo? Onde ela tinha se escondido até então?

Robert não soube o que se apossou dele. Foi tudo muito rápido para analisar, um instinto que rompeu cada barreira da reserva erigida pelo tempo.

Seu braço esquerdo se ergueu.

– Oi! – gritou Neville, descendo até a calçada. – Olá!

Um momento de silêncio súbito e total. Sua cabeça se levantou e eles olharam um para o outro. Viva, ele pensou. Viva!

Neville queria gritar, mas se sentiu subitamente sufocado. Sua língua parecia de madeira, seu cérebro se recusava a funcionar. *Viva*. A palavra continuava se repetindo em sua mente. Viva, viva, viva...

Com um movimento repentino, a jovem mulher virou-se e começou a correr descontroladamente de volta para o campo.

Por um momento, Neville ficou ali tremendo, em dúvida sobre o que fazer. Então, seu coração pareceu explodir e ele correu pela calçada. Suas botas bateram contra o asfalto da rua e era possível ouvi-las enquanto ele corria.

– Espere! – Neville pegou-se gritando.

A mulher não esperou. Ele viu as pernas bronzeadas movendo-se com vigor enquanto ela fugia, atravessando a superfície irregular do campo. De repente, percebeu que palavras não podiam pará-la. Pensou no quanto estava chocado em vê-la. Quão mais chocada ela deveria estar ouvindo um grito súbito encerrar um longo silêncio e vendo um homem grande e barbudo acenar para ela!

As pernas dele o conduziram até o outro meio-fio e ele continuou pelo campo. Agora, seu coração estava batendo forte. Ela estava viva! Ele não conseguia parar de pensar nisso. Viva. *Uma mulher viva!*

Ela não era capaz de correr tão rápido quanto ele. Quase imediatamente, Neville começou a diminuir a distância entre os dois. Ela olhou de relance por sobre o ombro, com olhos aterrorizados.

— Eu não vou machucar você! — gritou ele, mas ela continuou correndo.

De repente, ela tropeçou e desabou sobre um dos joelhos. O rosto da mulher se virou novamente, e ele viu o pavor retorcido em sua face.

— Eu *não vou* machucar você! — clamou Neville mais uma vez.

Com uma estocada de desespero, ela recuperou o apoio e disparou.

Agora não havia som algum além dos sapatos dela e das botas dele castigando o gramado espesso em meio aos dois. Ele começou a saltar por cima da grama para evitar as plantas e ganhar mais terreno. A saia do vestido dela batia contra a grama, atrasando-a.

— Pare! — gritou, de novo, mais por instinto que por qualquer esperança de que ela fosse parar de fato.

Ela não parou. Correu ainda mais rápido e, rangendo os dentes, Neville teve outra explosão de velocidade em sua perseguição. Ele seguiu em uma linha reta enquanto a garota trançava através do campo, com seu cabelo ruivo-claro esvoaçando por trás dela.

Ele agora estava tão perto que podia ouvir sua respiração torturada. Não estava gostando de ter assustado a mulher, mas ele não podia parar agora. Tudo o mais no mundo tinha ficado para trás, a não ser ela. Ele tinha que alcançá-la.

As pernas longas e poderosas dele o impulsionavam, e suas botas batiam na terra.

Outro trecho de campo. Os dois corriam, ofegando. Ela deu uma olhadela para trás outra vez, para ver quão perto ele estava. Ele não percebeu quão assustador parecia. Um metro e noventa em suas botas, era um gigante barbado com um olhar decidido.

Com o braço esticado, ele a agarrou pelo ombro direito.

A mulher se desviou com um grito engasgado e tropeçou para o lado. Perdendo o equilíbrio, ela caiu sobre o quadril no solo rochoso. Neville saltou para a frente para ajudá-la a se levantar. Ela se afundou no chão e tentou se levantar, mas escorregou e caiu de novo, dessa vez de costas. Sua saia se ergueu para cima dos joelhos. Ela se levantou com um soluço esbaforido e seus olhos negros estavam aterrorizados.

– Aqui – arfou ele, estendendo a mão.

Ela jogou a mão de Neville para o lado com um tapa, gritou e debateu-se. Ele a agarrou pelo braço, e ela o atacou com a mão livre, arranhando com unhas mal cortadas a testa e a têmpora direita dele. Ele se afastou com um grunhido. Ela se virou e começou a correr novamente.

Neville saltou para a frente mais uma vez e a pegou pelos ombros.

– Do que você está com medo...

Ele não conseguiu terminar: a mão dela se dirigiu diretamente para a boca de Neville. Então, só havia o som do arfar e da luta, dos pés arranhando e escorregando na terra, estalando a grama espessa.

– Você quer *parar*?! – gritou ele, mas ela continuou lutando.

Ela se afastou, e os dedos de Neville arrancaram parte de seu vestido. Quando ele soltou, o tecido desceu tremulando até a cintura da mulher. Ele viu o ombro moreno e o sutiã branco cobrindo o seio esquerdo.

Ela usou as unhas para arranhá-lo, e ele segurou os pulsos dela com firmeza. A mulher chutou a canela de Neville com o pé direito.

– Porra!

Ele levou a palma da mão contra o rosto dela, rosnando de raiva. Ela retrocedeu e, então, olhou para ele, atordoada. De repente, ela começou a chorar, indefesa. Caiu de joelhos diante dele, mantendo os braços sobre a cabeça como se para repelir novos golpes.

Neville ficou ali arfando, olhando para aquela figura servil. Ele piscou e, então, respirou fundo.

– Levante! – disse. – Eu *não vou* machucar você.

Ela não ergueu a cabeça. Ele olhou para ela, confuso. Não sabia o que dizer.

– Eu disse que não vou machucar você! – disse a ela mais uma vez.

Ela ergueu o olhar. Mas o rosto dele pareceu assustá-la novamente, e ela se encolheu. Ficou agachada ali, olhando para ele com temor.

– Do que você está com medo? – perguntou.

Ele não percebeu que sua voz estava desprovida de cordialidade, que era a voz áspera e estéril de um homem que havia perdido todos os laços com a humanidade.

Deu um passo em direção a mulher e ela se afastou novamente com um suspiro assustado. Ele estendeu a mão.

– Venha – ele disse. – Levante-se.

Ela se levantou lentamente, mas sem a ajuda dele. Percebendo subitamente seu seio exposto, pegou e prendeu o tecido rasgado de seu vestido.

Ficaram ali, respirando com dificuldade e olhando um para o outro. E, agora que o choque inicial tinha passado, Neville não sabia o que dizer. Ele tinha sonhado com esse momento por anos. Seus sonhos nunca tinham sido sequer parecidos com isso.

– Qual... Qual é o seu nome? – perguntou Neville.

Ela não respondeu. Seus olhos permaneceram fitando o rosto dele, e seus lábios continuavam tremendo.

– E aí? – perguntou mais alto, e ela estremeceu.

– R-Ruth. – A voz dela falseou.

Um tremor correu pelo corpo de Robert Neville. O som da voz dela o deixou completamente desconcertado. As perguntas desapareceram. Sentiu seu coração batendo muito forte. Ele quase sentiu como se fosse chorar.

A mão dele moveu-se, quase inconscientemente. O ombro dela tremia sob sua palma.

– Ruth – disse ele com uma voz plana e morta. Sua garganta se mexeu enquanto a encarava. – Ruth – disse ele de novo.

Os dois, o homem e a mulher, ficaram um em frente ao outro, no campo largo e quente.

16

A mulher estava deitada imóvel em sua cama, dormindo. Passava das quatro da tarde. Neville moveu-se sorrateiramente até o quarto pelo menos vinte vezes, a fim de olhar para ela e ver se estava acordada. Agora, ele estava sentado na cozinha, preocupado, e tomava seu café.

Mas e se ela *estiver* infectada?, ponderou consigo mesmo.

A preocupação começara algumas horas antes, enquanto Ruth estava dormindo. Agora, ele não podia se livrar do medo. Não importava quanto racionalizasse, não adiantava. Tudo bem, ela estava morena de sol, andando à luz do dia. Mas o cachorro também ficava andando à luz do dia.

Os dedos de Neville tamborilavam inquietos na mesa.

A simplicidade tinha ido embora; o sonho tinha se dissipado em uma complexidade perturbadora. Não havia abraço maravilhoso, nem palavras mágicas sendo ditas. Não sabia nada sobre ela além do nome. Levá-la até sua casa fora uma batalha. Fazê-la entrar fora ainda pior. Ela gritara, implorando que ele não a matasse. Não importava o que ele dissesse, ela continuava chorando e implorando. Ele tinha visualizado algo na grandeza de uma produção de Hollywood: estrelas nos olhos de ambos, entrando na casa, de braços dados um com o outro, a tela escurecendo. Em vez disso, ele tinha sido forçado a rebocá-la, a persuadi-la, a argumentar com ela e a repreendê-la enquanto ela se continha. A entrada tinha sido tudo, menos romântica. Ele tivera de arrastá-la para dentro.

Uma vez na casa, ela não ficou menos apavorada. Ele tentou agir de modo reconfortante, mas tudo o que ela fez foi se encolher em um canto, do jeito que o cachorro tinha feito. Ela não comia ou bebia nada que ele lhe dava. Finalmente, Neville se sentiu compelido a levá-la para o quarto e a trancá-la ali. Agora, ela estava dormindo.

Neville suspirou fatigado e segurou a asa de sua xícara.

Todos esses anos, pensou, sonhando com uma companhia. Agora, encontro alguém e a primeira coisa que faço é desconfiar dela, tratando-a com crueldade e sem paciência.

E, ainda por cima, não havia realmente nada que ele pudesse fazer. Tinha aceitado fazia tempo a ideia de que ele era a única pessoa normal que restava. Não importava que ela parecesse normal. Ele havia visto muitos deles deitados em seus comas, parecendo tão saudáveis quanto ela. Mas não estavam, e ele sabia disso. O simples fato de ela estar caminhando à luz do sol não era suficiente para pender a balança para o lado da aceitação confiável. Tinha duvidado por muito tempo. Seu conceito de sociedade se tornara pouco flexível. Era quase impossível para Neville acreditar que havia outros como ele. E, depois que o choque diminuíra, todo o dogma de seus longos anos solitários tinha se consolidado.

Ele se levantou com uma respiração pesada e voltou para o quarto. Ela ainda estava na mesma posição. Talvez, pensou, tenha voltado para o coma.

Ficou parado ao lado da cama, encarando a mulher. Ruth. Havia tanto sobre ela que ele queria saber. E, ainda assim, ele tinha quase medo de descobrir. Porque, se ela fosse como os outros, só havia um caminho a ser tomado. E era melhor não saber nada sobre as pessoas que ele tinha de matar.

As mãos de Neville tremiam ao lado do corpo, e seus olhos azuis a contemplavam sem emoção. E se tivesse sido um fato anormal? E se ela tivesse saído do coma por um tempinho e resolvido ir perambular? Parecia plausível. Contudo, até onde ele sabia, a luz do dia era a única coisa que o germe não podia suportar. Por que isso não era suficiente para convecê-lo de que ela era normal?

Bem, só havia um jeito de ter certeza.

Ele se inclinou e colocou a mão no ombro dela.

– Acorde – disse.

Ela não se mexeu. A boca de Neville estava cerrada, e seus dedos apertavam o ombro macio de Ruth.

Então, ele viu a fina corrente de ouro em torno do pescoço dela. Alcançando-a com os dedos ásperos, ele a puxou do meio de seu vestido.

Ele estava olhando para a pequena cruz dourada quando ela acordou e recuou no travesseiro. Ela não estava em coma, e isso era tudo em que ele conseguia pensar.

– O que você está f-fazendo? – perguntou ela, em voz baixa.

Era difícil continuar desconfiando quando ela falava. O som da voz humana era tão estranho agora que acabava possuindo uma espécie de poder sobre Neville, algo que nunca tivera antes.

– Eu... nada – respondeu ele.

Sem jeito, ele recuou e recostou-se contra a parede. Olhou para ela por um longo momento. Então, perguntou:

– Você é de onde?

Ela ficou deitada ali, olhando inexpressivamente para ele.

– Eu perguntei de onde você é – repetiu ele. Ela novamente não disse nada. Ele se afastou, com um olhar firme no rosto.

– Ing-Inglewood – disse ela, rapidamente.

Ele olhou com frieza para a mulher por um momento. Em seguida, recostou-se novamente na parede.
– Sei – continuou ele. – Vo... Você morava sozinha?
– Eu era casada.
– Onde está seu marido?
Ela engoliu em seco.
– Ele está morto.
– Faz quanto tempo?
– Semana passada.
– E o que você fez depois que ele morreu?
– Eu corri. – Ela mordeu o lábio inferior. – Eu fugi.
– Quer dizer que você estava perambulando por todo esse tempo?
– S-sim.
Olhou para ela sem dizer uma palavra. Então, virou-se de uma vez e suas botas bateram ruidosamente enquanto ele caminhava até a cozinha. Puxando a porta do armário, sacou um punhado de dentes de alho. Ele os colocou em um prato, deixou-os em pedaços e os amassou até se tornarem uma polpa. O cheiro acre assaltava suas narinas.
Ela estava apoiada em um ombro quando ele voltou. Ele empurrou o prato quase no rosto dela, sem hesitar.
Ela afastou o rosto com um grito fraco.
– O que você está fazendo? – perguntou, tossindo uma vez.
– Por que você se afastou?
– Por favor...
– Por que você se afastou?
– Isso *fede*! – A voz dela quebrou em um soluço. – Não! Você está me deixando enjoada!

Ele colocou o prato ainda mais perto do rosto dela. Ela se afastou, soando como se estivesse engasgando, e colocou-se de pé em cima da cama, encostada na parede.

– Pare! *Por favor*! – implorou ela.

Ele afastou o prato e observou-a tendo espasmos no corpo enquanto o estômago dela se convulsionava.

– Você é uma deles – disse Neville, gentilmente venenoso.

Ela se sentou subitamente e passou por ele correndo, em direção ao banheiro. A porta bateu por trás dela e ele podia ouvir o som terrível do vômito da mulher.

Calado, colocou o prato na mesa de cabeceira. Sua garganta se movia ao engolir em seco.

Infectada. Tinha sido um sinal claro. Ele tinha aprendido havia mais de um ano que o alho era um alergênico a qualquer sistema infectado pelo bacilo *vampiris*. Quando o sistema era exposto ao alho, os tecidos estimulados sensibilizavam as células, causando uma reação anormal ao menor contato. Era por isso que colocá-lo nas veias deles não tinha dado muito certo. Eles tinham de ser expostos ao odor.

Estatelou-se na cama. E a mulher tinha reagido do modo errado.

Após um momento, Robert Neville franziu as sobrancelhas. Se o que ela disse era verdade, estava vagando havia uma semana. Naturalmente, ela estaria exausta e fraca e, sob essas condições, o cheiro de tanto alho *poderia* de fato tê-la feito vomitar.

Seus punhos socaram o colchão. Então ele ainda não sabia, não com certeza. Objetivamente, sabia que não tinha o direito de decidir por meio de evidências inadequadas. Era algo que ele tinha aprendido do pior modo, algo que agora sabia e em que acreditava absolutamente.

Ele ainda estava sentado ali quando ela destrancou a porta do banheiro e saiu. A mulher ficou no corredor por um momento, olhando para ele, e então foi para a sala de estar. Ele se levantou e a seguiu. Quando chegou à sala, ela estava sentada no sofá.

– Você está satisfeito? – perguntou.

– Tanto faz! – respondeu ele. – Quem está sendo julgada é você, não eu.

Ela olhou zangada para ele, como se quisesse dizer alguma coisa. Então, seu corpo afundou, e ela balançou a cabeça. Por um instante, ele sentiu uma pontada de simpatia. Ela parecia tão indefesa, com as mãos finas sobre o colo. Ela não parecia mais se importar com o vestido rasgado. Sua silhueta era elegante, quase sem curvas. Nem um pouco como as mulheres com que ele costumava fantasiar. Não importa, disse a si mesmo, isso não é mais um problema.

Sentou-se na poltrona e olhou para ela, do outro lado. Ela não retornou o olhar.

– Escute – disse Neville –, eu tenho todos os motivos para suspeitar de que você esteja infectada. Especialmente agora que você reagiu daquele jeito ao alho.

Ela não disse nada.

– Você não tem nada a dizer?

Ela ergueu o olhar.

– Você pensa que sou um deles – disse ela.

– Acho que você *pode* ser.
– E quanto a isso? – perguntou, segurando sua cruz.
– Isso não quer dizer nada.
– Estou acordada – disse ela. – Não estou em coma.
Ele não disse nada. Era algo com que ele não podia argumentar, mesmo que isso não amenizasse sua dúvida.
– Eu estive em Inglewood muitas vezes – continuou ele. – Por que você nunca ouviu meu carro?
– Inglewood é um lugar grande.
Neville olhou para ela cuidadosamente, com os dedos tamborilando no braço da poltrona.
– Eu queria acreditar em você – disse ele.
– Queria?
Outra contração no estômago a atingiu, e ela se dobrou com um engulho, mantendo os dentes cerrados. Robert Neville sentou-se ali, imaginando por que ele não sentia mais compaixão por ela. A emoção era algo difícil de invocar dos mortos, pensou. Ele a gastara toda e, agora, sentia-se oco, sem sentimentos.
Depois de um momento, ela o olhou. Seus olhos eram duros.
– Eu tive estômago fraco a vida toda – ela disse. – Vi meu marido ser assassinado na semana passada. Despedaçado. Vi isso bem na frente de meus olhos. Eu perdi duas crianças para a peste. E, desde a semana passada, estou perambulando por toda parte. Me escondendo à noite, não comendo mais que umas poucas migalhas de comida. Doente, com medo, incapaz de dormir mais que poucas horas de cada vez.

Daí, eu ouço alguém gritar para mim. Você me caça por um campo, me bate, me arrasta até sua casa. Então, quando fico enjoada porque você me empurra um prato de alho fedido na minha cara, você me diz que eu estou infectada! – As mãos dela se contraíam em seu colo. – O que você *esperava* que fosse acontecer? – perguntou, furiosa.

Ela se afundou de encontro ao sofá e fechou os olhos, passando as mãos nervosamente pela roupa. Tentou, por um momento, arrumar a peça rasgada, mas a alça caiu de novo e ela choramingou, furiosa.

Ele se inclinou para a frente na poltrona. Estava começando a se sentir culpado agora, a despeito das suspeitas e das dúvidas. Ele não podia evitar. Tinha se esquecido de como eram as mulheres chorando. Levou uma mão lentamente à barba e a puxou, enquanto observava.

– Você... – começou ele. – Você me deixaria tirar uma amostra de seu sangue? – perguntou. – Eu poderia...

Ela se levantou de repente e avançou em direção à porta. Ele fez o mesmo, rapidamente.

– O que você está fazendo? – perguntou ele.

Ela não respondeu. Suas mãos apalpavam, desajeitadamente, a tranca.

– Você não pode ir lá para fora – ele disse, surpreso. – Daqui a pouco a rua vai estar cheia deles.

– Eu não vou ficar aqui. – Ela soluçava. – Qual a diferença se eles me matarem? – As mãos dele se fecharam sobre o braço dela, que tentou se soltar. – Me deixe em paz! – gritou ela. – Eu não pedi para vir aqui. Você me arrastou. Por que não me deixa sozinha?

Neville ficou ao lado dela sem jeito, sem saber o que dizer.

– Você não pode ir lá para fora – disse de novo.

Ele a acompanhou de volta até o sofá. Depois, saiu e serviu para ela um pequeno copo de uísque, no bar. Tanto faz se ela está infectada ou não, pensou, tanto faz.

Levou o copo para ela, que meneou a cabeça.

– Beba – disse. – Isso vai acalmar você.

Ela olhou, nervosa.

– Daí você vai poder esfregar mais alho na minha cara?

Ele balançou a cabeça.

– Beba logo.

Depois de alguns instantes, ela pegou o copo e deu um gole no uísque, que a fez tossir. Ela colocou o copo no braço do sofá e um suspiro profundo sacudiu seu corpo.

– Por que você quer que eu fique? – perguntou ela, triste.

Ele a olhou sem uma resposta definitiva em sua mente. Então, disse:

– Mesmo que você *esteja* infectada, eu não posso deixá-la sair. Você não tem ideia do que eles podem fazer com você.

Os olhos dela se fecharam.

– Eu não ligo – disse ela.

17

– Eu não entendo isso – ele disse, durante o jantar. – Já se passaram quase três anos agora, e alguns deles ainda estão vivos. O estoque de comida já se esgotou. Até onde eu sei, eles ainda ficam em coma durante o dia. – Ele balançou a cabeça. – Mas não estão mortos. Três anos, e eles não estão mortos. O que os faz seguir em frente?

Ela estava vestindo o roupão de banho dele. Lá pelas cinco, ela tinha cedido, tomado um banho e se trocado. Seu corpo delgado estava disforme nas dobras atoalhadas e volumosas. Ela tinha usado o pente de Neville e colocado os cabelos para trás, em um rabo de cavalo preso com um pedaço de barbante.

Ruth pegou a xícara de café.

– Costumávamos vê-los de vez em quando – disse ela. – Mas tínhamos medo de chegar perto. Achávamos que não devíamos encostar neles.

– Você sabia que eles voltam depois que morrem?

Ela balançou a cabeça.

– Não.

– Você não se perguntou sobre as pessoas que atacavam sua casa à noite?

– Nunca passou por nossa cabeça que eles pudessem estar... – Ela meneou devagar a cabeça. – É difícil acreditar numa coisa dessas.

– Acho que é, mesmo.

Neville olhou para ela de relance enquanto comiam sentados, em silêncio. Ainda era difícil acreditar que ela era uma mulher normal. Difícil acreditar que, depois de todos esses anos, uma companhia tivesse surgido. Era mais que apenas duvidar dela. Era duvidar de que algo tão marcante pudesse acontecer em um mundo tão perdido.

– Me conta mais sobre eles – disse Ruth.

Ele se levantou e tirou a chaleira do fogão. Despejou mais café na xícara dela e na sua, então recolocou a chaleira em seu lugar e se sentou.

– Como você está se sentindo agora? – perguntou Neville.

– Me sinto melhor, obrigada.

Ele assentiu e colocou açúcar em seu café. Sentiu os olhos dela sobre si enquanto mexia com a colher. Em que ela estava pensando?, imaginou. Respirou fundo, imaginando por que o aperto dentro dele não cedia. Por um tempo, chegou a pensar que poderia confiar nela. Agora, ele não estava tão certo.

– Você ainda não confia em mim – disse ela, parecendo ler sua mente.

Ele a olhou rapidamente e, então, deu de ombros.

– É... Não é isso.

– Claro que é – disse Ruth, calmamente. Ela suspirou. – Ah, tudo bem. Se você tiver que verificar meu sangue, verifique.

Neville olhou para ela desconfiado, com um questionamento em sua mente: isso é um truque? Ele engoliu em seco, mas escondeu o movimento da garganta engolindo o café. Era estúpido, pensou, ser tão desconfiado.

Ele baixou a xícara.

– Bom – disse ele. – Muito bom.

Olhou para ela enquanto Ruth encarava o café.

– Se você *estiver* infectada – contou a ela –, vou fazer tudo o que puder para curá-la.

Os olhos dela encontraram os de Neville.

– E se você não puder fazer nada? – perguntou ela.

Um momento de silêncio.

– Vamos esperar pra ver – respondeu ele.

Os dois beberam café. Então, ele perguntou:

– Vamos fazer isso agora?

– Por favor – disse ela –, de manhã. Eu ainda estou me sentindo um pouco mal.

– Tá certo – respondeu ele, assentindo. – De manhã.

Eles acabaram a refeição em silêncio. Neville sentiu apenas uma pequena satisfação por ela deixá-lo examinar seu sangue. Estava com medo de descobrir que ela *estava* infectada. No meio-tempo, ele teria de passar a noite e a madrugada com ela, talvez conhecê-la e ser atraído por ela. Quando, de manhã, ele tivesse de...

Mais tarde, na sala, eles se sentaram olhando para o mural, bebendo vinho do Porto e ouvindo a Quarta Sinfonia de Schubert.

– Eu não acredito nisso – disse ela, parecendo se animar. – Nunca pensei que eu iria ouvir música outra vez. Bebendo vinho. – Ela olhou em volta da sala. – Você realmente fez um trabalho maravilhoso – disse ela.

– E *sua* casa? – perguntou ele.

– Ela não era nada perto desta – respondeu ela. – A gente não tinha um...

– Como vocês protegiam a casa? – ele interrompeu.

– Ah... – Ela pensou por um momento. – Colocamos tábuas, é claro. E usamos cruzes.

– Elas não dão certo sempre – disse ele, com calma, depois de olhar para Ruth por um momento.

Ela olhou inexpressivamente.

– Não?

– Por que um judeu iria ter medo da cruz? – ele disse. – Por que um vampiro que tivesse sido judeu teria medo dela? A maior parte das pessoas estava com medo de virar vampiro. A maioria delas sofria de cegueira histérica diante dos espelhos. Mas, por mais que a cruz desse certo, nem um judeu, nem um hindu, nem um muçulmano, nem um ateu, falando nisso, iria ter medo da cruz.

Ela ficou sentada segurando a taça de vinho e olhando para ele com olhos inexpressivos.

— É por isso que a cruz não dá certo sempre — completou ele.

— Você não me deixou terminar — disse ela. — Nós usamos alho também.

— Achei que alho a deixasse enjoada.

— Eu já estava doente. Pesava cinquenta e cinco quilos. Agora peso quarenta e cinco.

Ele assentiu. Mas, enquanto ia para a cozinha pegar outra garrafa de vinho, Neville pensou que Ruth já deveria ter se adaptado ao alho, agora. Depois de três anos.

Também, ela talvez não devesse. Qual era o propósito em duvidar dela agora? Ela ia deixá-lo examinar seu sangue. O que mais ela poderia fazer? Sou eu, pensou, tenho estado sozinho há muito tempo. Não acredito em nada a não ser que veja em um microscópio. A hereditariedade triunfa novamente. Eu sou bem o filho de meu pai, maldito seja.

De pé na cozinha escura, enfiando a unha sem corte sob o invólucro em torno da boca da garrafa, Robert Neville olhou para a sala, em direção a Ruth.

Seus olhos percorreram a superfície do roupão que ela vestia, pairando por um momento na leve proeminência de seus seios, descendo então para as panturrilhas e os tornozelos bronzeados, acima das rótulas suaves. Ela tinha o corpo de uma moça. Ela certamente não tinha o corpo de uma mãe de dois filhos.

A coisa mais estranha em tudo aquilo, pensou, era que ele não sentia atração física por ela.

Se ela tivesse vindo dois anos antes, ou até depois, ele talvez a tivesse violentado. Houve alguns momentos terríveis naqueles dias, momentos em que até a mais terrível das soluções para sua necessidade chegou a ser considerada, frequentemente nutrida até que isso o deixasse meio louco.

Mas, então, os experimentos começaram. O fumo foi sendo reduzido aos poucos, a bebida perdeu sua natureza compulsiva. Deliberadamente, e com um sucesso surpreendente, ele tinha se embrenhado na investigação.

Seu impulso sexual tinha diminuído, quase desaparecido. A salvação do monge, pensou. O impulso tinha de desaparecer mais cedo ou mais tarde, ou nenhum homem normal poderia se dedicar a qualquer vida que excluísse o sexo.

Agora, felizmente, ele não sentia quase nada; talvez uma agitação dificilmente discernível, muito aquém dos estratos rochosos da abstinência. Parecia contente em deixar as coisas como estavam. Especialmente por não haver certeza de que Ruth era a companhia pela qual ele tinha esperado. Ou mesmo a certeza de que ele podia permitir que ela vivesse além de amanhã. Achar uma *cura* para ela?

A cura era improvável.

Voltou para a sala com a garrafa aberta. Ela sorriu brevemente, enquanto ele lhe servia mais vinho.

– Estou admirando seu mural – ela disse. – Quase faz você acreditar que está na floresta. – Ele resmungou, em resposta. – Deve ter dado um bocado de trabalho deixar sua casa desse jeito – continuou ela.

– Você deveria saber – disse ele –, já que passou pela mesma coisa.

– A gente não tinha nada nem parecido com isso – respondeu ela. – Nossa casa era pequena. Nosso armário de comida era a metade do seu.

– Vocês devem ter ficado sem comida – disse, olhando para ela cautelosamente.

– Sem comida congelada – respondeu ela. – Estávamos vivendo de enlatados.

Ele assentiu. Parecia lógico, sua mente tinha de admitir. Mas ele ainda não gostava disso. Era tudo intuição, ele sabia, mas não gostava disso.

– E quanto à água? – perguntou, então.

Ela olhou para ele em silêncio por um momento.

– Você não acredita em uma palavra do que eu disse, acredita? – insistiu ela.

– Não é isso – respondeu ele. – Só estou curioso sobre como você vivia.

– Você não consegue esconder isso, está em seu tom de voz – disse ela. – Você ficou sozinho por muito tempo. Perdeu seu talento para mentir.

Neville resmungou, ficando com o sentimento desconfortável de que ela estava jogando com ele. Isso é ridículo, ele argumentou. Ela era só uma mulher. E estava provavelmente certa. Ele provavelmente *era* um ermitão grosseiro e sem graça. Isso importava?

– Me fale de seu marido – disse ele, de repente.

Algo se moveu rapidamente em seu rosto, como a sombra de uma memória. Ela levou a taça de vinho escuro aos lábios.

– Agora não – respondeu ela. – Por favor.

Ele se afundou de volta no sofá, incapaz de analisar a insatisfação disforme que sentia. Tudo o que ela dissera e fizera poderia ser o resultado das coisas pelas quais havia passado. Mas poderia também ser uma mentira.

Por que ela mentiria?, ele se perguntou. Ele iria checar o sangue dela pela manhã. Que vantagem ela teria mentindo esta noite, quando, em uma questão de horas, ele saberia a verdade?

– Sabe – disse ele, tentando aliviar o momento –, eu estava pensando. Se três pessoas sobreviveram à peste, por que não mais?

– Você acredita que seja possível?

– Por que não? Devia haver outros que eram imunes à doença, por um motivo ou outro.

– Me fale mais sobre o germe – pediu ela.

Ele hesitou por um momento, então repousou a taça de vinho sobre a mesa. E se ele contasse tudo para ela? E se ela escapasse e voltasse depois da morte com todo o conhecimento que *ele* tinha?

– Tem uma quantidade enorme de detalhes – respondeu ele.

– Você estava dizendo algo sobre a cruz antes – disse ela. – Como sabe que é verdade?

– Lembra-se do que eu disse sobre Ben Cortman? – perguntou ele, feliz em reafirmar algo que ela já sabia, em vez de entrar em um assunto novo.

– Você fala daquele homem que você...

Ele assentiu.

– É. Venha cá – disse Neville, de pé –, vou mostrá-lo a você.

Ao ficar ao lado dela olhando pelo olho mágico, ele sentiu o odor do cabelo e da pele dela. Isso o fez recuar um pouco. Não era extraordinário?, pensou. Eu não gosto do cheiro. Assim como Gulliver, retornando de seus cavalos lógicos, eu acho o cheiro humano ofensivo.

– Ele é aquele perto do poste – explicou Neville.

Ela emitiu um som suave de compreensão, e então disse:

– Eles são tão poucos. Onde eles ficam?

– Eu matei a maioria deles – respondeu Neville –, mas eles conseguem manter alguns a salvo de mim.

– Como é que aquela luz está acesa lá fora? – perguntou ela. – Eu pensei que eles tinham destruído o sistema elétrico.

– Eu liguei com meu gerador, assim posso vigiá-los.

– Eles não quebram a lâmpada?

– Eu coloquei um globo muito resistente sobre a lâmpada.

– Eles não escalam para tentar quebrá-lo?

– Eu coloquei alho no poste inteiro.

Ela balançou a cabeça.

– Você pensou em tudo.

Recuando, ele olhou para Ruth por um momento. Como ela podia olhar para eles tão calmamente, ele imaginou, me fazer perguntas, fazer comentários, quando, apenas uma semana antes, ela vira aquela espécie rasgar seu marido em pedaços? Mais dúvidas, ele pensou. Elas não paravam de chegar?

Ele sabia que não parariam, não até ter certeza sobre ela.

Então, ela se afastou da porta.
– Você pode me dar licença por um momento? – ela disse.

Ele a viu andar até o banheiro e a ouviu trancar a porta. Então, Neville voltou para o sofá, depois de fechar a abertura do olho mágico. Um sorriso irônico surgiu em seus lábios. Olhou para o fundo do vinho amarronzado e puxou distraidamente sua barba.

"Você pode me dar licença por um momento?"

Por alguma razão as palavras pareceram divertidas de um jeito grotesco, como a reminiscência de uma era perdida. Emily Post andando com fastio pelo cemitério. Etiqueta para Jovens Vampiros.

O sorriso se foi.

E agora? O que o futuro reservava para ele? Ela ainda estaria ali, com ele, dali a uma semana, ou acabaria enrugada no fogo que nunca esfria?

Ele sabia que, se ela estivesse infectada, teria de tentar curá-la, quer isso funcionasse ou não. Mas, e se ela estivesse livre dos bacilos? De certo modo, essa era a possibilidade mais desesperadora. Do outro jeito ele poderia simplesmente seguir em frente como antes, sem quebrar rotinas ou padrões. Mas, se ela ficasse, se eles tivessem que estabelecer um relacionamento, talvez se tornassem marido e mulher, tivessem filhos...

Sim, isso era mais aterrorizante.

Percebeu subitamente que tinha se tornado um solteirão mal-humorado e inveterado de novo. Ele não pensava mais sobre sua mulher, sua filha, sua vida passada. O presente bastava. E tinha medo da possível cobrança para que fizesse sacrifícios e aceitasse responsabilidades outra vez. Estava com medo de dar seu coração, ou de remover as correntes que forjou em torno dele para manter prisioneira a emoção. Estava com medo de amar novamente.

Quando ela saiu do banheiro, ele ainda estava sentado ali, pensando. O toca-discos, sem que ele notasse, estava fazendo apenas um fino som de arranhado.

Ruth levantou o disco do prato giratório e o virou. O terceiro movimento da sinfonia começava.

– Bem, e quanto ao Cortman? – perguntou ela, enquanto se sentava.

Ele olhou para ela, sem entender.

– Cortman?

– Você ia me contar alguma coisa sobre ele e a cruz.

– Ah. Bom, uma noite eu o peguei aqui e mostrei a cruz.

– O que aconteceu?

Eu deveria matá-la agora? Não deveria nem investigar, mas matar e queimar aquela mulher de uma vez?

Ele engoliu em seco. Tais pensamentos eram um testemunho hediondo do mundo que ele havia aceitado; um mundo no qual assassinar era mais fácil que ter esperanças.

Bem, ele ainda não tinha ido tão longe, pensou. Eu sou um homem, não uma arma.

– Algum problema? – perguntou ela, nervosa.

– O quê?

– Você estava me encarando.

– Desculpe – disse Neville friamente. – Eu... Eu só estava pensando.

Ruth não disse mais nada. Ela bebeu o vinho e Neville viu sua mão tremer enquanto segurava a taça. Ele se forçou a reduzir toda a aparência de introspecção. Não queria que ela soubesse o que sentia.

– Quando mostrei a cruz para ele – continuou Neville –, Cortman riu na minha cara. – Ela assentiu uma vez. – Mas, quando segurei uma Torá diante de seus olhos, consegui a reação que esperava.

– Uma o quê?

– Uma Torá. As tábuas da lei, acho que é isso.

– E ele teve alguma reação?

– Teve. Eu o tinha amarrado, mas, quando ele viu a Torá, se libertou e me atacou.

– E o que houve? – Ela parecia ter perdido o temor, mais uma vez.

– Ele me acertou na cabeça com alguma coisa. Eu não me lembro do que era. Quase fui nocauteado. Mas, usando a Torá, eu o afastei até a porta e me livrei dele. Então, olha só, a cruz não tem o poder que a lenda diz que ela tem. Minha teoria é de que, já que a lenda começou a se formar na Europa, um continente que é em sua maioria católico, a cruz poderia se tornar naturalmente o símbolo de defesa contra os poderes das trevas.

– Você não podia usar sua arma no Cortman? – perguntou ela.

– Como você sabe que eu tenho uma arma?

– Eu... Eu imaginei que tivesse – ela disse. – A gente tinha armas.

– Então você deveria saber que balas não têm efeito sobre os vampiros.

– A gente não tinha... muita certeza disso – disse ela, e então disparou rapidamente: – Você sabe por que é assim? Por que as balas não os afetam?

Ele balançou a cabeça e respondeu:

– Eu não sei.

Ficaram sentados em silêncio, ouvindo a música.

Ele sabia, mas, duvidando de novo, não queria contar a ela.

Por meio de experimentos com os vampiros mortos, ele descobriu que os bacilos efetuavam a criação de uma poderosa cola corporal que selava as aberturas de bala assim que elas eram feitas. As balas eram encapsuladas quase imediatamente e, já que o sistema era ativado por germes, uma bala não podia feri-lo. De fato, o sistema podia conter uma quantidade indefinida de balas, já que a cola corporal prevenia a penetração de mais do que alguns milímetros. Atirar em vampiros era como jogar pedras no piche.

Enquanto estava sentado, olhando-a, ela arrumou as dobras do roupão em torno de suas pernas e ele teve um vislumbre momentâneo da pele marrom de sua coxa. Longe de se sentir atraído, ele se sentiu irritado. Isso era um movimento feminino típico, pensou, um movimento artificial.

Enquanto os momentos passavam, ele quase podia sentir quanto flutuava para cada vez mais longe dela. De certo modo, estava arrependido de tê-la encontrado. Com o passar dos anos, tinha alcançado certo grau de paz. Tinha aceitado a solidão, acreditado que ela não era tão má. Agora, isso... pondo um fim a tudo.

A fim de preencher o vazio do momento, ele pegou seu cachimbo e a algibeira. Colocou tabaco no bojo e o acendeu. Por um segundo, imaginou se deveria perguntar se ela se importava. Não perguntou.

A música acabou. Ruth ficou de pé, e ele observou enquanto ela olhava seus discos. Ela parecia ser uma moça, era tão esguia. Quem era ela?, pensou. Quem era ela de verdade?

– Posso colocar este? – perguntou ela, segurando um disco.

Ele nem sequer olhou.

– Se você quiser.

Ela se sentou assim que o Segundo Concerto para Piano de Rachmaninoff começou. O gosto dela não era extraordinariamente avançado, pensou, olhando para ela, sem expressão.

– Me fale de você – pediu ela.

Outra pergunta tipicamente feminina, pensou. Então, ele se repreendeu por ser tão crítico. Qual era o propósito em duvidar dela e ficar irritado?

– Nada a declarar – disse ele.

Ela estava sorrindo de novo. Ela estava *sorrindo* para ele?

– Você me matou de susto esta tarde – disse ela. – Você e sua barba cabeluda. E esses olhos selvagens.

Ele soltou a fumaça. Olhos selvagens? Isso era ridículo. O que ela estava tentando fazer? Demolir sua apreensão com fofura?

– Com o que você deve se parecer por baixo de toda essa barba? – perguntou.

Ele tentou sorrir para ela, mas não conseguiu.

– Com nada – respondeu. – É só um rosto comum.

– Quantos anos você tem, Robert?

Ele engoliu em seco. Era a primeira vez que ela tinha dito seu nome. Isso deu a ele um sentimento estranho e inquieto, escutar uma mulher falar seu nome depois de tanto tempo. Não me chame assim, ele quase lhe disse. Ele não queria diminuir a distância entre eles. Se ela estivesse infectada e ele não fosse capaz de curá-la, ele preferia que ela continuasse apenas uma estranha, que ele poderia descartar.

Ela virou a cabeça.

– Você não tem que falar comigo, se não quiser – disse ela, serenamente. – Não vou atrapalhar você. Vou embora amanhã.

Os músculos de seu peito se apertaram.

– Mas... – disse ele.

– Não quero estragar sua vida. Você não tem de sentir nenhuma obrigação por mim, só porque... nós somos os únicos que restaram.

Os olhos de Neville estavam sem vida quando ele a encarou, e ele sentiu uma breve pontada de culpa nas palavras dela. Por que eu deveria duvidar dela?, disse a si mesmo. Se ela estiver infectada, nunca irá embora viva. O que há para temer?

– Desculpe... – disse ele. – Eu... Eu fiquei *sozinho* por um longo tempo. – Ela não olhou para ele. – Se quiser conversar – continuou Neville –, vou ficar feliz em falar o que eu puder.

Ela hesitou por um momento. Então, olhou para ele, e seus olhos não pareciam se comprometer nem um pouco.

– Eu queria *mesmo* saber sobre a doença – disse ela. – Perdi minhas duas filhas graças a ela. E isso foi o motivo da morte de meu marido.

Ele a olhou e, então, falou:

– É um bacilo – disse –, uma bactéria cilíndrica. Ela cria uma solução isotônica no sangue, faz o sangue circular mais devagar que o normal, ativa todas as funções corporais, vive no sangue fresco e fornece energia. Privado de sangue, ele faz bacteriófagos suicidas ou então esporula.

Ela parecia não entender. Ele percebeu, então, que não era possível que ela entendesse. Termos agora tão comuns para ele eram completamente alheios a ela.

– Bom – continuou ele –, a maioria dessas coisas não é tão importante. Esporular é criar um corpo oval que tem todos os ingredientes básicos da bactéria vegetativa. O germe faz isso quando não há sangue fresco. Então, quando o vampiro hospedeiro se decompõe, esses esporos voam para fora e procuram novos hospedeiros. Eles o encontram, germinam... e mais um sistema é infectado. – Ela balançou a cabeça, sem acreditar. – Bacteriófagos são proteínas inanimadas que também são criadas quando o sistema fica sem sangue. Ao contrário dos esporos, no entanto, nesse caso o metabolismo anormal destrói as células.

Rapidamente, ele lhe contou sobre a imperfeita eliminação de resíduos do sistema linfático, sobre o alho como alergênico causador de anafilaxia, sobre os vários vetores da doença.

– Então, por que somos imunes? – perguntou ela.

Por um longo momento ele a olhou, sem proferir uma resposta. Então, dando de ombros, ele disse:

– Eu não sei sobre você. Quanto a mim, enquanto eu servia no Panamá durante a guerra, fui mordido por um morcego-vampiro. E, ainda que eu não possa provar, minha teoria é de que o morcego encontrou anteriormente um vampiro verdadeiro e adquiriu o germe *vampiris*. O germe fez que o morcego procurasse humanos em vez de sangue animal. Mas, quando o germe passou para meu sistema, ele deve ter sido enfraquecido de algum modo pelo sistema do morcego. Isso me fez ficar terrivelmente mal, é claro, mas não me matou e, como resultado, meu corpo gerou uma imunidade a ele. De todo modo, essa é minha teoria. Não posso pensar em outro motivo.

– Mas... Não aconteceu a mesma coisa com os outros por lá?

– Não sei – respondeu ele com calma –, eu matei o morcego. – Deu de ombros. – Talvez eu tenha sido o primeiro humano a ser atacado.

Ela olhou para ele sem palavras, e sua vigilância fez que Neville se sentisse inquieto. Ele continuou a falar, mesmo que não quisesse de fato fazê-lo.

Com poucas palavras, ele falou sobre o principal problema em seu estudo sobre os vampiros:

– Primeiro pensei que a estaca tinha de atingir o coração deles – disse Neville. – Eu acreditava na lenda.

Descobri que não era bem assim. Eu colocava estacas em qualquer parte do corpo deles, que morriam. Isso me fez pensar que era hemorragia. Mas daí, um dia...

E ele contou a Ruth sobre a mulher que se decompôs diante de seus olhos.

– Eu sabia, então, que não poderia ser hemorragia – continuou, sentindo certo prazer em recitar suas descobertas. – Eu não sabia o que fazer. Então, eventualmente, me veio a ideia.

– Qual? – perguntou ela.

– Eu peguei um vampiro morto. Coloquei o braço dele em um vácuo artificial. Eu esburaquei o braço dentro desse vácuo. O sangue jorrou. – Fez uma pausa. – Mas isso foi tudo.

Ela o encarou.

– Você não entendeu – disse ele.

– Eu... não – admitiu ela.

– Quando coloquei ar de volta no tanque, o braço se decompôs.

Ela continuava encarando.

– Olha só – disse Neville –, o bacilo é um saprófito facultativo. Ele vive com ou sem oxigênio; mas com uma diferença. Dentro do sistema, ele é anaeróbico e configura uma simbiose com o sistema. O vampiro o alimenta com sangue fresco, a bactéria provê a energia para que o vampiro possa pegar mais sangue fresco. O germe também gera, eu tenho de acrescentar, o crescimento dos dentes caninos.

– E?

– Quando o ar entra – continuou ele –, a situação muda instantaneamente. O germe se torna aeróbico e, em vez de ser simbiótico, torna-se virulentamente parasítico. – Ele fez uma pausa. – Ele come o hospedeiro.

– Então, a estaca... – ela começou.

– Deixa o ar entrar. É claro. Deixa ele entrar e mantém a carne aberta para que a cola corporal não funcione. Então, o coração não tem nada a ver com isso. O que faço agora é cortar os pulsos fundo o suficiente para que a cola corporal não funcione. – Ele sorriu um pouquinho. – Quando penso em todo o tempo que eu costumava gastar fazendo estacas!

Ela assentiu e, olhando a taça de vinho em sua mão, baixou-a.

– Foi por isso que a mulher sobre a qual eu falei se decompôs tão rapidamente – disse Neville. – Ela estava morta havia tanto tempo que, assim que o ar entrou em seu sistema, os germes provocaram a dissolução espontânea.

Ela engoliu em seco, e um arrepio percorreu seu corpo.

– É horrível – disse ela.

Ele a olhou, surpreso. Horrível? Isso não era estranho? Ele não tinha pensado nisso por anos. Para ele, a palavra "horror" tinha se tornado obsoleta. O abuso do terror logo tornaria o próprio terror um clichê. Para Robert Neville, a situação existia meramente como um fato natural. Não tinha adjetivos.

– E quanto aos... que ainda estão vivos? – ela perguntou.

– Bom – respondeu ele –, quando você corta os pulsos deles, o germe naturalmente se torna parasítico. Mas a maioria deles morre com uma simples hemorragia.

— *Simples...*

Ela se virou rapidamente, e seus lábios ficaram apertados em uma linha estanque e fina.

— Qual é o problema? — perguntou ele.

— N-nada. Nada.

Ele sorriu.

— A gente se acostuma com essas coisas — disse. — Tem de se acostumar. — Novamente, ela deu de ombros, e a coluna suave de sua garganta se contraiu. — Você não pode viver de acordo com as Regras de Ordem do Coronel Robert na Selva — continuou Neville. — Acredite em mim, isso é a única coisa que eu posso fazer. Acha melhor deixá-los morrer da doença e voltarem... de um jeito mais terrível?

Ela pressionou as mãos uma contra a outra.

— Mas você disse que muitos deles ainda estão... estão vivos — continuou ela, nervosa. — Como sabe que eles não vão *ficar* vivos?

— Eu sei — respondeu ele. — Conheço o germe, sei como ele se multiplica. Não importa por quanto tempo os sistemas deles lutem, no final o germe vai vencer. Fiz antibióticos, injetei em dezenas deles. Mas não funcionou, não podia funcionar. Você não pode fazer vacinas quando eles já estão entranhados pela doença. Os corpos deles não podem lutar contra os germes e fazer anticorpos ao mesmo tempo. Não funciona, acredita em mim. É uma armadilha. Se eu não os matasse, mais cedo ou mais tarde eles morreriam e viriam atrás de mim. Não tenho escolha; nenhuma escolha.

Eles ficaram em silêncio, e o único som na sala era o raspar da agulha nos sulcos interiores do disco.

Ruth não olhava para ele, mas ficava encarando o teto com os olhos vazios. Era estranho, ele pensou, encontrar-se vagamente na defensiva por algo que, até ontem, era uma necessidade plenamente aceita por ele. Nos anos que se passaram, ele, nem uma única vez, havia considerado a possibilidade de que estivesse errado. A presença dela o fez trazer à tona tais pensamentos. E eles eram estranhos, inusitados.

– Você realmente acha que estou errado? – perguntou ele, com uma voz incrédula.

Ela mordeu o lábio inferior.

– Ruth.

– Isso não sou eu quem decide – respondeu ela.

18

– *Vi!*

A forma sombria se encolheu contra a parede, enquanto o grito rouco de Robert Neville rasgava o silêncio da escuridão.

Ele se atirou para fora do sofá e arregalou os olhos enevoados de sono. Seu peito pulsava com batidas de coração como as de punhos maníacos em uma cela de calabouço.

Tropeçou nos pés, com o cérebro ainda nublado pelo sono, incapaz de definir hora e lugar.

– Vi? – disse ele novamente, fraco, tremendo. – Vi?

– S-Sou eu – disse a voz hesitante na escuridão.

Ele deu um passo trêmulo em direção ao fino feixe de luz lançado através da vigia da porta. Piscou sem entusiasmo contra a luz.

Ela suspirou quando ele colocou a mão e apertou o ombro dela.

– É a Ruth. *Ruth* – disse ela, em um sussurro aterrorizado. Ele ficou ali, petrificado, no escuro, com os olhos arregalados e sem compreender a forma sombria diante de si.

– É a Ruth – disse ela novamente, mais alto.

O despertar veio com uma explosão de choque atordoante. Alguma coisa retorceu nós frios no peito e no estômago dele. Não era a Vi. Ele chacoalhou a cabeça subitamente, esfregando os dedos nos olhos.

Depois, ele ficou ali encarando-a, ponderando, sob uma depressão repentina.

– Ah – Neville murmurou, fracamente. – Ah, eu...

Permaneceu ali, sentindo o corpo trançar lentamente no escuro, enquanto as brumas se dissipavam de seu cérebro.

– O que você está fazendo? – perguntou ele, com a voz ainda pastosa de sono.

– Nada – respondeu ela, nervosa. – Eu... não consegui dormir.

Neville piscou com a súbita luz cintilante da lâmpada. Então, suas mãos saíram do interruptor e ele se virou. Ela ainda estava contra a parede, também piscando em razão da luz, com as mãos ao lado do corpo, fechadas em punhos apertados.

– Por que você está vestida? – perguntou ele, com surpresa na voz.

Ela engoliu em seco e o encarou. Ele esfregou os olhos novamente e passou a mão pelos cabelos longos de suas têmporas.

– Eu só... Eu estava olhando lá fora – disse ela.

– Mas por que você está vestida?

– Eu não consegui dormir.

Ele ficou olhando para ela, ainda um pouco grogue, sentindo as batidas de seu coração diminuírem lentamente. Ele os ouviu pela porta berrando lá fora e escutou Cortman gritar: "Sai, Neville!". Movendo-se até o olho mágico, ele fechou a portinhola de madeira de proteção e se voltou para ela.

– Eu quero saber por que você está vestida – disse ele, novamente.

– Não tem motivo – respondeu ela.

– Você ia embora enquanto eu estivesse dormindo?

– Não, eu...

– Você *ia*?

Ela arquejou e ele a agarrou pelo pulso.

– Não, não – disse ela, rapidamente. – Como eu poderia, com eles lá fora?

Ele ficou parado, com a respiração pesada, olhando para o rosto aterrorizado da mulher. Sua garganta se moveu lentamente enquanto ele se lembrava do choque de acordar e pensar que ela era Vi.

Abruptamente, ele largou o braço dela e se virou. E ele havia pensado que o passado estava morto. Quanto tempo demoraria para que o passado morresse?

Ela não disse nada, enquanto ele servia um copo cheio de uísque e o engolia convulsivamente. Vi, Vi, ele pensava, miseravelmente, Vi ainda está aqui comigo. Ele fechou os olhos e cerrou os dentes com força.

– Qual era o nome dela? – ele ouviu Ruth perguntar.

Os músculos dele se enrijeceram e, então, relaxaram.

– Está tudo bem – disse ele, com uma voz morta.
– Vá pra cama.

Ela se afastou um pouco.

– Desculpe – ela disse. – Eu não queria...

De repente, ele sabia que não queria que ela fosse para a cama. Queria que ela ficasse com ele. Não sabia o porquê, mas ele não queria ficar sozinho.

– Eu pensei que você era a minha mulher. – Ele acabou dizendo. – Eu acordei e pensei...

Tomou uma golada de uísque, tossindo uma parte que entrou atravessada. Ruth permaneceu nas sombras, ouvindo.

– Ela voltou, sabia? – disse Neville. – Eu a enterrei, mas numa noite ela voltou. Ela parecia com... como você estava. Um contorno, uma sombra. *Morta*. Mas ela voltou. Eu tentei ficar com ela. Eu tentei, mas ela não era mais a mesma... sabe? Tudo o que ela queria era...

Ele conteve o choro na garganta.

– Minha própria mulher – disse ele, com uma voz trêmula –, ela voltou pra beber meu sangue!

Ele bateu o copo no tampo do bar. Afastando-se, andou agitado até a vigia da porta, virou-se e voltou, ficando novamente diante do bar. Ruth não disse nada; ela apenas ficou parada na escuridão, ouvindo.

– Eu me livrei dela de novo – disse ele. – Eu tive de fazer com ela a mesma coisa que fiz com os outros. Minha própria esposa. – Havia um estalido em sua garganta. – Uma estaca – disse ele, com uma voz terrível. – Eu tive de enfiar uma estaca nela. Era a única coisa que eu podia fazer. Eu...

Ele não conseguiu terminar. Ficou ali por um longo tempo, tiritando desamparado, com os olhos apertados.

Então, ele falou de novo:

– Eu fiz isso quase três anos atrás. E ainda me lembro do que fiz, isso ainda está comigo. O que se pode fazer? O que se pode *fazer*? – Ele baixou o punho direto contra o tampo do bar, enquanto a angústia da memória tomava conta dele outra vez. – Não importa o quanto você tente, você não pode se esquecer ou... ou se adaptar ou... não dá para fugir disso *nunca*!

Ele passou os dedos trêmulos pelos cabelos.

– Eu sei o que você está sentindo, eu sei – ele continuou. – Eu não senti no começo, eu não acreditei em você. Eu estava a salvo, seguro na minha concha. Agora... – Ele sacudiu lentamente a cabeça, derrotado. – Num segundo, tudo foi embora. Adaptação, segurança, paz... Tudo foi embora.

– Robert. – A voz dela parecia quebrada, perdida como a dele. – Por que fomos punidos desse jeito? – perguntou.

Ele respirou, estremecendo.

– Eu não sei – ele respondeu, amargamente. – Não tem resposta, não tem motivo. É assim porque é.

Agora ela estava próxima a ele. Subitamente, sem hesitação ou retração, ele a puxou para perto, e eles eram duas pessoas se abraçando apertado no compasso perdido da noite.

– Robert, *Robert*.

As mãos dela roçaram as costas dele, acariciando e apertando, enquanto os braços dele a seguravam firmemente e ele pressionava seus olhos fechados contra o cabelo quente e macio dela.

Suas bocas se mantiveram unidas por um longo tempo, e os braços dela se prenderam em um aperto desesperado em torno do pescoço dele.

Então, eles estavam sentados na penumbra, um mantendo o outro próximo, como se todo o calor do mundo estivesse em seus corpos e os dois pudessem compartilhar o ardor entre eles. Ele sentiu os tremores subirem e descerem dos seios dela enquanto ela se mantinha perto dele, os braços dela apertados em torno de seu corpo, o rosto dela junto a seu pescoço. Suas mãos grandes se moveram asperamente pelo cabelo dela, acariciando e sentindo os fios sedosos.

– Me desculpe, Ruth.

– Desculpar você?

– Por ter sido tão cruel com você, por não acreditar em você.

Ela estava quieta, abraçando-o forte.

– Oh, Robert – disse ela, então –, é tão injusto. Tão *injusto*. Por que ainda estamos vivos? Por que não estamos todos mortos? Seria melhor se todos estivéssemos mortos.

– Shhh, shhh – disse ele, sentindo algo por ela, como uma torrente liberada, jorrando por seu coração e sua mente. – Vai ficar tudo bem.

Ele a sentiu balançar a cabeça lentamente contra ele.

– Vai ficar, vai ficar – insistiu ele.

– Como isso seria possível?

– *Vai* ficar – disse ele, mesmo sabendo que não podia acreditar nisso de verdade, mesmo sabendo que era apenas a tensão liberada formando palavras em sua mente.

– Não – disse ela. – Não.

– Vai, sim. Vai ficar, Ruth.

Ele não sabia dizer por quanto tempo eles ficaram ali sentados, abraçados um ao outro. Ele se esqueceu de tudo, da hora e do lugar; eram apenas os dois juntos, precisando um do outro, sobreviventes de um terror obscuro, abraçando-se porque tinham encontrado um ao outro.

Mas, então, ele precisava fazer alguma coisa por ela, para ajudá-la.

– Vem – disse ele. – Vamos examinar você.

Os braços dela ficaram rijos.

– Não, não – disse ele rapidamente. – Não fique com medo. Tenho certeza de que a gente não vai encontrar nada. Mas, se encontrarmos algo, eu vou curar você. Eu prometo que vou curar você, Ruth.

Ela estava olhando para ele na escuridão, sem dizer uma palavra. Ele se levantou e a ergueu junto com ele, tremendo com uma ansiedade que não sentia em anos. Ele queria curá-la, *queria* ajudá-la.

– Por favor – disse ele. – Eu não vou machucar você. Eu prometo que não vou. A gente vai descobrir... A gente vai *saber* com certeza. Daí a gente vai planejar e trabalhar. Eu vou salvar você, Ruth. Eu vou. Ou vou morrer sozinho.

Ela ainda estava tensa, resistindo.

– Vem comigo, Ruth.

Agora que a força de suas dúvidas tinha acabado, não havia nada para fortalecê-lo, e ele tremia como um homem paralítico.

Ele a levou até o banheiro. E, quando viu à luz da lâmpada quão assustada ela estava, ele a puxou para perto de si e afagou seu cabelo.

– Tudo bem – disse. – Tudo bem, Ruth. Não importa o que vamos achar, vai ficar tudo bem. Você não acredita?

Ele a sentou no banquinho. O rosto dela estava completamente pálido, e seu corpo tremia. Enquanto isso, ele aquecia uma agulha sobre um bico de Bunsen.

Ele se agachou e a beijou no rosto.

– Está tudo bem agora – disse ele, gentilmente. – Tudo bem.

Ela fechou os olhos enquanto ele enfiava a agulha. Ele podia sentir a dor em seu próprio dedo enquanto ele retirava sangue e o esfregava na lâmina.

– Pronto. Pronto – disse Neville ansiosamente, pressionando um algodãozinho na ponta do dedo dela. Ele sentiu que estava tremendo em desamparo. Não importava quanto ele tentasse controlar aquilo, ele não podia. Os dedos dele foram quase incapazes de montar a lâmina, e ele continuou olhando para Ruth e sorrindo para ela, tentando retirar o olhar de pavor gravado em suas feições.

– Não fique com medo – disse. – Por favor, não fique. Eu vou curar você, se você estiver infectada. Eu vou, Ruth, eu vou.

Ela se sentou sem dizer nada, olhando apaticamente enquanto ele trabalhava. As mãos dela continuavam se mexendo em seu colo.

– O que você vai fazer se... se eu *estiver*? – disse ela.

– Não sei – respondeu ele. – Ainda não. Mas tem um monte de coisas que a gente pode fazer.

– O quê?

– Vacinas, por exemplo.

– Você disse que as vacinas não funcionam – disse ela, e sua voz tremeu um pouco.

– Sim, mas... – Ele parou abruptamente, enquanto deslizava a lâmina de vidro no microscópio.

– Robert, o que você pode fazer?

Ela escorregou para fora do banquinho e ele se inclinou sobre o microscópio.

– Robert, não olhe – ela implorou subitamente, com sua voz em súplica.

Mas ele já tinha visto.

Ele não tinha se dado conta de que sua respiração tinha parado. Seus olhos vazios encontraram os dela.

– Ruth... – sussurrou com uma voz de choque.

O bastão de madeira desabou sobre sua testa.

Uma explosão de dor preencheu a cabeça de Robert Neville, e ele sentiu as pernas bambearem. Enquanto ele caía para um lado, ela derrubava o microscópio. O joelho direito dele acertou o chão e ele olhou, com uma perplexidade confusa, para o rosto dela, retorcido de medo. O bastão o golpeou novamente, e ele berrou de dor. Neville sentiu os dois joelhos e as mãos baterem no chão, enquanto ele era derrubado para a frente. Como se estivesse a cem quilômetros de distância, ele ouvia o choro ofegante dela.

– Ruth... – murmurou.

– Eu *disse* para você não olhar – gritou ela.

Ele a agarrou pelas pernas e ela impeliu o bastão uma terceira vez, agora por trás do crânio dele.

– *Ruth!*

As mãos de Robert Neville ficaram moles e escorregaram dos tornozelos dela, retirando parte do bronzeado. Ele caiu de cara no chão, e seus dedos se enrolaram convulsivamente enquanto a noite preenchia seu cérebro.

19

Quando ele abriu os olhos, não havia som algum na casa.

Ficou ali por um momento, olhando confusamente para o chão. Então, com um resmungo assustado, ele se sentou. Um monte de agulhas explodiu em sua cabeça, e ele desmoronou de volta ao chão frio, com as mãos pressionando seu crânio latejante. Um ruído seco preenchia sua garganta, enquanto ele ficava ali deitado.

Depois de alguns minutos, ele se ergueu devagar, agarrando a borda da bancada. O chão ondulou, e ele mantinha os olhos apertados, com as pernas oscilantes.

Um minuto depois, ele conseguiu cambalear até o banheiro. Lá, jogou água fria no rosto e se sentou na borda da banheira, pressionando um pano frio e molhado em sua testa.

O que tinha acontecido? Ele continuava piscando e encarando o piso branco do chão.

Levantou-se e andou lentamente até a sala. Estava vazia. A porta da frente estava meio aberta no cinza do início da manhã. Ela tinha ido embora.

Então, ele se lembrou. Lutou para voltar ao quarto, usando as paredes para guiá-lo.

O bilhete estava na bancada, próximo ao microscópio derrubado. Ele pegou o papel com os dedos entorpecidos e o levou até a cama. Afundando com um resmungo, segurou a carta diante dos olhos. Mas as letras borravam e corriam. Ele balançou a cabeça e apertou bem os olhos. Depois de um tempinho, ele leu:

Robert,
Agora você sabe. Sabe que eu estava espionando você, sabe que quase tudo o que eu disse era mentira. Estou escrevendo este bilhete, no entanto, porque quero salvá-lo, se eu puder. Quando o trabalho de espioná-lo me foi inicialmente dado, eu não tinha qualquer sentimento por sua vida. Porque eu tinha um marido, Robert. Você o matou.
Mas agora é diferente. Eu sei agora que você foi tão forçado até essa situação quanto nós para a nossa. Nós estamos infectados. Mas você já sabia disso. O que você ainda não entende é que nós vamos ficar vivos. Encontramos um modo de fazer isso e vamos construir nova-

mente a sociedade, lentamente, mas vamos fazer isso. Vamos acabar com todas aquelas criaturas miseráveis a quem a morte enganou. E, por mais que eu reze para ser diferente, talvez nós tenhamos que matar você e aqueles que são como você.

Aqueles como eu?, ele pensou em um disparo. Mas continuou lendo.

Eu vou tentar salvar você. Eu vou dizer a eles que você está muito bem armado para que nós o ataquemos agora. Use o tempo que estou dando a você, Robert! Fique longe de sua casa, vá para as montanhas e se salve. Agora, só existe um punhado de nós. Porém, mais cedo ou mais tarde, nós estaremos muito bem organizados, e nada do que eu disser irá impedir que o resto de nós venha destruir você. Pelo amor de Deus, Robert, vá agora, enquanto você pode!
Eu sei que você pode não acreditar nisto. Você pode não acreditar que agora nós podemos viver por curtos períodos sob o sol. Você pode não acreditar que meu bronzeado era apenas maquiagem. Você pode não acreditar que agora podemos viver com o germe. É por isso que estou deixando uma de minhas pílulas. Eu as tomei por todo o tempo em que estive aqui. Eu as mantive em um cinto em torno de minha cintura. Você vai descobrir que elas são uma combinação de sangue desfibrinado e um medicamento. Eu não sei mesmo o que é. O sangue alimenta os germes, a droga previne sua multiplicação. Foi a descoberta da pílula que nos salvou da morte, isso está ajudando a cons-

truir novamente a sociedade, aos poucos. Acredite em mim, é verdade. E fuja!
Me desculpe. Eu não queria acertar você, foi muito difícil para mim fazer isso. Mas eu estava tão terrivelmente assustada com o que você faria quando descobrisse...
Me desculpe por ter de mentir para você sobre tantas coisas. Mas, por favor, acredite nisto: quando nós estávamos juntos na escuridão, próximos um do outro, eu não estava espionando você. Eu estava amando você.
Ruth

Ele leu a carta novamente. Então, suas mãos penderam para a frente e ele ficou ali sentado, encarando o teto com olhos vazios. Ele não podia acreditar naquilo. Balançou a cabeça lentamente e tentou entender, mas a assimilação lhe escapava.

Andou cambaleando pela varanda. Pegou a pequena pílula âmbar e a segurou na mão, cheirando-a, sentindo seu gosto. Sentiu como se toda a segurança gerada pelo pensamento racional estivesse se esvaindo dele. A estrutura de sua vida estava desmontando, e isso o assustava.

Mas como ele refutaria as evidências? A pílula, o bronzeado saindo de sua perna, seu andar sob o sol, sua reação ao alho.

Ele afundou no banquinho e olhou para o bastão caído no chão. Aos poucos, lentamente, sua mente repassou as evidências.

Quando ele a vira pela primeira vez, ela fugira dele. Isso tinha sido um truque? Não, ela estava genuinamente apavorada. Ela poderia ter se assustado com seu grito e, então, mesmo que estivesse esperando por isso, ela se esquecera de seu trabalho. Depois, quando havia se acalmado, ela tinha de falar com ele para que pensasse que sua reação ao alho havia sido a reação normal de um estômago debilitado. E ela tinha mentido, sorrido e fingido uma aceitação desesperada e, cuidadosamente, pegado todas as informações que fora enviada para pegar. E, quando ela quis ir embora, não pôde, graças a Cortman e aos outros. Então, ele tinha acordado, eles tinham se abraçado e...

Os nós pálidos de seus dedos esmurraram a bancada. "Eu estava amando você." Mentira. *Mentira*! Seus dedos amassaram a carta e a jogaram para longe, com amargura.

A raiva fez que a dor flamejasse em sua cabeça. Ele pressionou as duas mãos contra ela e fechou os olhos, com um grunhido.

Então, ele levantou o olhar. Devagar, deslizou do banquinho e colocou novamente o microscópio em sua base.

O resto da carta não era mentira, ele sabia disso. Sem a pílula, sem qualquer evidência, ele sabia. Sabia o que nem mesmo Ruth e seus companheiros pareciam saber.

Observou pela ocular por um longo tempo. Sim, ele sabia. E aceitar o que viu mudou completamente seu mundo. Quão estúpido e ineficaz ele se sentiu por nunca ter previsto isso! Especialmente depois de ler a frase cem, mil vezes. Mas, então, ele não tinha realmente apreendido. Uma frase tão curta, mas tão significativa.

Bactérias podem sofrer mutação.

JANEIRO DE 1979

PARTE IV

20

Eles vieram à noite. Vieram em seus carros pretos com faróis altos, suas armas, seus machados e suas lanças. Vieram da escuridão, com um alto som de motores, e os longos braços brancos de seus faróis envolveram a esquina da avenida e se estenderam até a rua Cimarron.

    Robert Neville estava sentado próximo à vigia da porta quando eles vieram. Ele tinha colocado um livro de lado e estava sentado ali, observando à toa, quando os canhões de luz espalharam branco sobre os rostos dos vampiros sem sangue e eles se contorceram arquejando, com os olhos negros como os de animais encarando as luzes que os cegavam.

Neville se afastou da porta, com o coração batendo forte depois do choque. Por um momento, ele ficou ali, tremendo na sala escura, incapaz de decidir o que fazer. Sua garganta se fechou e ele ouviu o roncar dos motores dos carros mesmo através do isolamento acústico de sua casa. Pensou nas pistolas em sua escrivaninha, na submetralhadora na bancada, pensou em defender sua casa contra eles.

Então, cravou os dedos na palma da mão, até que as unhas se enterrassem em sua carne. Não, ele tinha tomado sua decisão, ele tinha trabalhado nisso cuidadosamente nos últimos meses. Ele não lutaria.

Com uma sensação pesada e de vazio na boca do estômago, retornou à porta e espreitou.

A rua estava imersa em uma cena de ação apressada e violenta, iluminada pelo brilho intenso e direto dos faróis. Homens se precipitaram contra homens, e ele ouviu o som de botas correndo, que cobriram o pavimento. Então, um tiro soou, ecoando surdamente; mais tiros.

Dois vampiros machos se debateram ao lado deles. Quatro homens os agarraram pelos braços e os ergueram enquanto dois outros miravam as pontas de lança brilhantes de seus piques no peito dos vampiros. O rosto de Neville se contorceu enquanto os gritos preenchiam a noite. Sentiu o peito arfando com a respiração difícil, ainda observando de sua casa.

Os homens de trajes escuros sabiam exatamente o que estavam fazendo. Era possível ver cerca de sete vampiros, seis homens e uma mulher. Os homens rodearam os sete, seguraram seus braços agitados e lançavam piques com pontas afiadas fundo no corpo deles. O sangue se espalhava no pavimento escuro, e os vampiros pereceram, um a um. Neville se sentiu cada vez mais arrepiado. Aquela seria a nova sociedade? As palavras lampejavam por sua mente. Tentou crer que os homens eram forçados a fazer o que estavam fazendo, mas o choque lhe trouxe uma dúvida terrível. Eles tinham de fazer isso desse jeito, tinham de fazer uma matança perversa e brutal? Por que eles matavam com alarde à noite, quando, durante o dia, os vampiros podiam ser despachados em paz?

Robert Neville sentiu os punhos cerrados tremendo ao lado do corpo. Ele não gostava do jeito deles, não gostava da carnificina metódica. Estavam mais para gângsteres que para homens forçados a uma situação. Tinham olhares de triunfo malévolo em seus rostos, brancos e resolutos sob os faróis. Seus rostos eram cruéis e sem emoção.

De repente, Neville agitou-se violentamente ao lembrar-se de algo: onde estava Ben Cortman?

Seus olhos procuraram pela rua, mas ele não podia ver Ben Cortman. Colou no olho mágico e olhou para cima e para baixo da rua. Ele não queria que eles pegassem Cortman, percebeu, não queria que eles destruíssem Cortman desse jeito. Com um senso de choque interior que ele não podia analisar no calor do momento, percebeu que sentia mais profundamente pelos vampiros do que pelos executores.

Agora, os sete vampiros jaziam retorcidos e imóveis em suas poças de sangue roubado. Os faróis estavam se movendo pela rua, explorando abertamente a noite. Neville desviou o olhar quando o brilho intenso resplandeceu de um lado ao outro, na frente de sua casa. Então, o farol mudou subitamente de direção, e ele olhou de novo.

Um grito. Os olhos de Neville saltaram para o lugar de foco dos faróis.

Ele enrijeceu.

Cortman estava no telhado de uma casa do outro lado da rua. Ele estava empurrando a si mesmo em direção à chaminé, com o corpo estirado nas telhas.

De repente, Neville percebeu que era na chaminé que Ben Cortman tinha se escondido a maior parte do tempo, e ele sentiu uma pontada de desespero ao saber disso. Cerrou os lábios com força. Por que ele não tinha olhado com mais atenção? Não podia lutar contra a angústia e o enjoo que sentia ao pensar em Cortman sendo morto por aqueles estranhos brutais. Objetivamente, isso não fazia sentido, mas ele não podia evitar o sentimento. Não era dever deles dar um fim em Cortman.

Mas não havia nada que ele pudesse fazer.

Com olhos sombrios e atormentados, observou os faróis apontarem para o corpo contorcido de Cortman. Observou as mãos brancas moverem-se lentamente, procurando formas de se agarrar ao telhado. Devagar, muito devagar, como se Cortman tivesse todo o tempo do mundo. Depressa! Ao assistir àquilo, Neville se contraía com as palavras não ditas. Sentiu-se irritado com os movimentos lentos e agonizantes de Cortman.

Os homens não gritaram, os homens não deram ordens. Eles levantaram os rifles e a noite foi novamente dilacerada com a explosão dos disparos.

Neville quase sentiu as balas na própria carne. Seu corpo sacudiu com tremores convulsivos, enquanto observava o corpo de Cortman se agitar sob o impacto das balas.

Cortman ainda continuava rastejando, e Neville podia ver seu rosto branco, seus dentes rangendo. Era o fim de Oliver Hardy, pensou, a morte de toda comédia e de todo riso. Não ouviu a saraivada contínua de tiros. Nem mesmo sentiu as lágrimas correndo por seu rosto. Seus olhos estavam cravados na forma desajeitada de seu velho amigo, avançando no telhado iluminado.

Agora, Cortman erguia-se em seus joelhos e se agarrava à borda da chaminé, com seus dedos espasmódicos. Seu corpo balançava conforme mais balas o golpeavam. Seus olhos escuros cintilavam com os faróis ofuscantes, seus lábios recuavam em um rosnado mudo.

Depois, ele se levantou ao lado da chaminé, e o rosto de Neville estava branco e tenso, ao observar Cortman começando a levantar a perna direita.

E, então, a metralhadora fustigante salpicou a carne de Cortman com chumbo. Por um momento, Cortman ficou de pé em meio à saraivada quente, com as mãos paralisadas erguidas bem acima de sua cabeça e um olhar de desafio frenético contorcendo suas feições pálidas.

– Ben... – murmurou Neville em um sussurro áspero.

O corpo de Ben Cortman se dobrou, desabou para a frente e caiu. Ele escorregou e rolou lentamente pela inclinação das telhas, para então cair pelo ar. No silêncio súbito, Neville ouviu o baque do corpo do outro lado da rua. Com o estômago revirado, assistiu aos homens e seus piques se precipitando em direção ao corpo contorcido.

Então, Neville fechou os olhos, e suas unhas criaram sulcos na carne das palmas das mãos.

Uma aglutinação de botas. Neville recuou para as sombras. Ficou no meio da sala, aguardando que eles o chamassem e lhe dissessem para sair. Manteve-se rígido. Eu não vou lutar, disse a si mesmo, obstinado. Ainda que *quisesse* lutar, ainda que já odiasse os homens sombrios com suas armas e suas lanças manchadas de sangue.

Mas ele não iria lutar. Tinha pensado em sua decisão muito cuidadosamente. Eles estavam fazendo o que tinham de fazer, embora com violência desnecessária e parecendo sentir prazer nisso. Ele havia matado o povo deles, e eles tinham de capturá-lo se quisessem se salvar. Ele não lutaria. Ele se submeteria à justiça daquela nova sociedade. Quando eles o chamassem, ele sairia e se renderia, e essa fora sua decisão.

Mas eles não chamaram. Neville pulou para trás com um sobressalto quando a lâmina do machado atingiu profundamente a porta da frente. Ficou tremendo na sala de estar escura. O que eles queriam? Por que não o chamavam para que ele se rendesse? Ele não era um vampiro, era um homem como eles. O que eles queriam?

Ele girou e fitou a cozinha. Eles também estavam quebrando a porta selada dos fundos. Neville deu um passo nervoso em direção à entrada. Seus olhos assustados se dividiam entre a porta de trás e a da frente. Sentiu seu coração disparar. Ele não podia entender, ele não podia!

Com um gemido abalado de surpresa, ele pulou até o corredor quando a casa fechada ressoou com a explosão da arma. Os homens estavam atirando sem parar na fechadura da porta da frente. Outro som reverberante disparou em seus ouvidos.

De súbito, ele sabia. Eles não iriam levá-lo para suas cortes, para sua justiça. Eles iriam exterminá-lo.

Neville correu até o quarto, soltando um murmúrio apavorado. Suas mãos tatearam a gaveta da cômoda.

Endireitou-se com as pernas trêmulas, as armas em suas mãos. Mas e se eles *quiserem* levá-lo como prisioneiro? Sua suposição havia sido baseada apenas no fato de que eles não o chamaram para sair. Não havia luzes na casa; talvez eles pensassem que ele não estava mais lá.

Permaneceu em pé, tremendo na escuridão do quarto, sem saber o que fazer, e murmúrios de terror preenchiam sua garganta. Por que ele não fora embora? Por que não tinha ouvido Ruth e ido embora? Idiota!

Uma das armas caiu de suas mãos sem forças enquanto a porta da frente era arrebentada. Pés pesados martelavam pela sala, e Robert Neville correu de volta pelo corredor, com a pistola restante presa em dedos rígidos e drenados de sangue. Eles não iriam conseguir matá-lo sem luta!

Ele engasgou ao colidir com a bancada. Ficou ali, tenso. Na porta da frente, um homem disse algo que ele não conseguiu entender, e então feixes de lanternas se acenderam na direção do corredor. Neville prendeu a respiração. Sentiu o quarto girando em torno dele. Então, este é o fim. Essa era a única coisa em que ele podia pensar. Então, este é o fim.

Sapatos pesados faziam barulho no corredor. Os dedos de Neville se apertaram ainda mais na pistola, e seus olhos encaravam com um pavor selvagem o vão da porta.

Dois homens entraram. Seus feixes brancos de luz zanzaram pelo quarto, atingindo seu rosto. Os dois homens recuaram abruptamente.

– Ele tem uma arma! – gritou um deles, e então atirou com sua pistola.

Neville ouviu a bala acertar na parede acima de sua cabeça. Depois, a pistola sacudiu em sua mão, e seu rosto era iluminado pelas explosões dos disparos. Ele não atirou em nenhum deles; apenas continuou apertando o gatilho de forma automática. Um dos homens gritou de dor.

Então, Neville sentiu um golpe de porrete violento em seu peito. Ele cambaleou para trás, e uma dor ardente explodiu em seu peito. Atirou mais uma vez, e então caiu de joelhos com a arma escorregando de seus dedos.

– Você pegou ele! – Neville ouviu alguém gritar, enquanto ele caía de cara no chão. Tentou alcançar a pistola, mas uma bota preta pisoteou e quebrou sua mão. Neville puxou a mão para junto de si com um arfar ruidoso e olhou, vidrado de dor, para o chão.

Mãos ásperas deslizaram sob suas axilas e o ergueram. Neville ficou imaginando quando eles atirariam nele de novo. Vi, pensou, Vi, agora estou indo ficar com você. A dor em seu peito era como chumbo derretido derramado sobre ele de uma grande altura. Ele sentiu e ouviu as pontas de suas botas se arrastarem pelo chão e esperou pela morte. Eu quero morrer em minha própria casa, pensou. Lutou debilmente, mas eles não pararam. À medida que eles o arrastavam pela porta da frente, era como se pregos e serras raspassem seu peito em uma dor quente.

– Não! – rosnou. – Não!

Então, a dor explodiu em seu peito e era como se ela impelisse um porrete farpado até seu cérebro. Tudo começou a rodopiar, rumo à escuridão.

– Vi! – murmurou, em um sussurro rouco.

E os homens sombrios arrastaram seu corpo sem vida para fora da casa. Para a noite. Para um mundo que era deles e não mais dele.

21

Som: um farfalhar murmurado no ar. Robert Neville tossiu fracamente, fazendo uma careta quando a dor preencheu seu peito. Um gemido efervescente passou por seus lábios, e sua cabeça rolou suavemente pelo travesseiro liso. O som ficou mais forte, tornando-se uma mistura retumbante de ruídos. Suas mãos se moveram devagar ao lado de seu corpo. Por que eles não tiravam aquele fogo de seu peito? Ele podia sentir brasas pingando pelas aberturas em sua carne. Outro gemido, agonizante e esbaforido, se contorceu em seus lábios acinzentados. Então, seus olhos trêmulos se abriram.

Fitou o teto de gesso áspero por um minuto inteiro, sem piscar. A dor refluía e inchava em seu peito, com um latejar infinito que se agarrava aos nervos. Seu rosto permanecia uma máscara tensa e alinhada de resistência à dor. Se ele relaxasse por um segundo, ela iria envolvê-lo completamente; ele precisava lutar. Pelos primeiros poucos minutos, ele só conseguia lutar contra a dor, sofrendo sob as estocadas quentes. Depois de um tempo, seu cérebro começou a funcionar; devagar, como uma máquina que vacilava, começando e parando, girando e enguiçando engrenagens.

Onde estou?, foi seu primeiro pensamento. A dor era horrível. Procurou em seu peito e viu que estava atado com uma enorme bandagem, e uma mancha grande, úmida e vermelha subia e descia espasmodicamente no meio dela. Ele fechou os olhos e engoliu em seco. Eu estou machucado, pensou, eu estou muito machucado. Sua boca e sua garganta pareciam secas e empoeiradas. Onde estou? O que estou...

Então, ele se lembrou: os homens sombrios e o ataque a sua casa. E ele soube onde estava, antes mesmo de virar a cabeça lentamente, com dor, e olhar para a janela com barras de um lado ao outro do cubículo minúsculo. Olhou pelas janelas por um longo tempo, com o rosto tenso e os dentes cerrados. O som que vinha lá de fora era precipitado e confuso.

Deixou sua cabeça rolar no travesseiro e fitar o teto. Era difícil compreender o momento em sua totalidade. Difícil de acreditar que não era um pesadelo. Mais de três anos sozinho em casa. E agora *isso*.

Mas ele não podia duvidar da dor afiada que sentia no peito, não podia duvidar do jeito que a mancha vermelha e úmida se tornava maior e maior. Ele fechou os olhos. Eu vou morrer, pensou.

Tentou entender. Mas isso também não funcionava. A despeito de ter convivido com a morte por todos esses anos, a despeito de ter caminhado em uma corda bamba de existência vazia em meio a uma abertura infinita de morte... A despeito de tudo isso, ele não conseguia entender. Sua própria morte ainda era algo além de sua compreensão.

Estava ainda deitado de costas, quando a porta se abriu atrás dele.

Ele não podia se virar; doía muito. Ficou ali estendido, ouvindo os passos aproximando-se da cama e, então, parando. Ele tentou olhar, mas a pessoa ainda não estava em seu campo de visão. Meu executor, ele pensou, a justiça dessa nova sociedade. Ele fechou os olhos e esperou.

Os sapatos se moveram novamente, e ele se deu conta de que a pessoa estava próxima a seu colchonete. Tentou engolir, mas sua garganta estava muito seca. Passou a língua sobre os lábios.

– Você está com sede?

Ele procurou com olhos embotados por ela e subitamente seu coração começou a palpitar. O fluxo de sangue aumentado fez a dor crescer e engoli-lo por um momento. Não foi capaz de interromper o gemido de agonia. Virou a cabeça no travesseiro, mordendo os lábios e se agarrando febrilmente ao cobertor. A mancha vermelha ficou maior.

Ela estava, agora, de joelhos, tocando levemente o suor da sobrancelha dele, tocando os lábios dele com um pano frio e molhado. A dor começou a ceder lentamente, e o rosto dela foi aos poucos entrando em foco. Neville ficou imóvel, encarando-a com olhos cheios de dor.

– Então... – disse ele, finalmente.

Ela não respondeu. Ela se levantou e se sentou na beirada da cama. Tocou as sobrancelhas dele mais uma vez. Então, passou por sua cabeça, e Neville podia ouvi-la servindo água em um copo.

A dor cravou lâminas dentro dele à medida que ela levantava sua cabeça um pouco, para que ele pudesse beber. Isso devia ser o que eles sentiam quando as lanças entravam, pensou. Essa agonia cortante, mordente, a fuga do sangue da vida.

Sua cabeça voltou ao travesseiro.

– Obrigado – murmurou.

Ela se sentou, baixando o olhar até ele, com uma mistura estranha de simpatia e distanciamento em seu rosto. Seu cabelo avermelhado estava penteado para trás, em um cacho firme preso por trás da cabeça. Ela parecia muito correta e senhora de si.

– Você não podia acreditar em mim, podia? – disse ela.

Uma tosse leve inflou as bochechas dele. Sua boca se abriu e ele inspirou um pouco do ar úmido da manhã.

– Eu... Eu acreditei em você – respondeu ele.

– Então por que você não foi embora?

Ele tentou falar, mas as palavras se misturavam. Sua garganta se moveu e ele respirou, vacilando.

– Eu... não pude – murmurou. – Quase fui, um monte de vezes. Uma vez até cheguei a fazer as malas e... comecei a ir. Mas não pude, não pude... *ir*. Eu estava muito acostumado com a... a casa. Era um hábito, era só... só o hábito de morar lá. Eu me... acostumei a isso.

Os olhos dela passaram por sobre o rosto dele, liso de suor, e ela pressionou os lábios, continuadamente, enquanto afagava a testa dele outa vez.

– É tarde demais agora – disse ela, então. – Você sabe disso, não sabe?

Algo estalou em sua garganta enquanto ele engolia em seco.

– Eu sei.

Ele tentou sorrir, mas seus lábios apenas se retorceram.

– Por que você lutou com eles? – perguntou ela. – Eles tinham ordens de trazê-lo ileso. Se você não tivesse atirado, não teriam machucado você.

A garganta dele se contraiu.

– Que diferença... – Ele engasgou.

Os olhos de Neville se fecharam, e ele rangeu os dentes com força para amenizar a dor.

Quando os abriu novamente, ela ainda estava lá. A expressão no rosto dela não tinha mudado.

O sorriso dele era fraco e atormentado.

– Sua... sua sociedade é... mesmo uma beleza... – Ele engasgou. – Quem eram aqueles... aqueles bandidos que foram me pegar? O... o conselho de justiça?

O olhar dela era desapaixonado. Ela mudou, pensou Neville, subitamente.

– Novas sociedades sempre são primitivas – ela respondeu. – Você deveria saber disso. De certo modo, nós somos como um grupo revolucionário... Retomando a sociedade pela violência. É inevitável. A violência não é estranha a você. Você matou. Muitas vezes.

– Só para... para sobreviver.

– É exatamente por isso que estamos matando – disse ela, calmamente. – Para sobrevivermos. Não podemos permitir que os mortos existam lado a lado com os vivos. Os cérebros deles estão comprometidos, eles existem apenas para um propósito. Eles *precisam* ser destruídos. Como alguém que matou os mortos e os vivos, você deveria saber disso.

O respirar fundo que Neville deu fez a dor se torcer por dentro dele. Seus olhos estavam cheios de dor, enquanto ele estremecia. Vai acabar logo, pensou. Eu não posso aguentar isso por muito mais tempo. Não, a morte não o assustava. Ele não compreendia isso, mas não a temia mais.

A dor cada vez maior aprofundou-se, e nuvens passaram pelos olhos dele. Ele procurou pelo rosto calmo dela.

– Assim espero – disse ele. – Mas... mas você viu o rosto deles quando eles... eles matavam? – Sua garganta se moveu, convulsivamente. – Era alegria! – balbuciou. – Alegria pura.

O sorriso dela era fino e contido. Ela *tinha* mudado, pensou, completamente.

– Você já viu *seu* rosto – disse ela –, quando você matava? – Ela limpava seu suor com o pano. – Eu vi... Lembra-se? Era pavoroso. E você nem mesmo estava tentando me matar, você só correu atrás de mim.

Ele fechou os olhos. Por que estou dando atenção a ela?, pensou. Ela se tornou uma fiel cega para essa nova violência.

– Talvez você tenha visto alegria nos rostos deles – continuou ela. – Não é de se surpreender. Eles são jovens. E eles *são* assassinos... assassinos designados, assassinos "legalizados". Eles são respeitados pela matança, admirados por isso. O que você poderia esperar deles? São apenas homens, não são infalíveis. E homens podem aprender a gostar de matar. É uma história velha, Neville. Você sabe disso.

Ele olhou para o rosto dela. O sorriso dela era o sorriso firme e forçado de uma mulher que estava tentando esquecer que era uma, em favor de sua dedicação.

– Robert Neville – disse ela –, o último da raça velha.

O rosto dele enrijeceu.

– Último? – balbuciou ele, sentindo a pressão dura da solidão absoluta.

– Até onde nós sabemos – disse ela, casualmente. – Você é muito singular, sabia? Quando você se for, não haverá mais ninguém como você dentro de nossa sociedade particular.

Ele olhou pela janela.

– São... pessoas... lá fora – disse ele.

Ela assentiu e disse:

– Eles estão esperando.

– Por minha morte?

– Por sua execução.

Ele se sentiu angustiado enquanto olhava para ela.

– É melhor você se apressar – disse ele, sem medo, com um desafio súbito em sua voz rouca.

Eles se olharam por um longo momento. Então, algo pareceu ceder nela. Seu rosto se tornou pálido.

– Eu sabia – disse ela, suavemente. – Eu sabia que você não teria medo. – Ela colocou, por impulso, sua mão sobre ele. – Quando ouvi pela primeira vez que eles tinham recebido ordens para irem até sua casa, eu ia tentar avisá-lo. Mas, daí, eu sabia que, se você ainda estivesse lá, nada o faria partir. Então pensei em ajudá-lo a escapar quando o trouxessem para cá. Mas eles me disseram que você tinha sido atingido, e eu sabia que escapar também seria impossível.

Um sorriso se moveu rapidamente pelos lábios dela.

– Estou feliz que você não esteja com medo. Você é muito valente... – A voz dela tornou-se mais suave. – Robert.

Ficaram em silêncio, e ele sentiu a mão dela apertar a sua.

– Como é que você pode... ficar aqui? – perguntou ele.

– Sou uma oficial graduada na nova sociedade – respondeu ela.

A mão dele se agitou sob a dela.

– Não... deixe que... – Ele tossiu sangue. – Não deixe que isso seja... muito brutal. Muito desumano.

– O que eu... – Ela começou, mas parou. Ela sorriu para ele. – Eu irei tentar – disse.

Ele não podia prosseguir. A dor estava ficando pior. Ele se contorcia e se revirava como um animal.

Ruth se inclinou sobre ele.

– Robert – disse ela –, me escute. Eles querem executar você. Mesmo que você esteja ferido. Eles precisam fazer isso. As pessoas ficaram lá fora a noite toda, esperando. Elas estão com medo de você, Robert, elas o odeiam. E elas querem que você morra.

Rapidamente, ela desabotoou sua blusa. Junto a seu sutiã, ela pegou um pequeno pacote e o apertou contra a palma da mão direita de Neville.

– É tudo o que posso fazer, Robert – sussurrou –, para tornar isso mais fácil. Eu avisei, eu *disse* para você ir embora. – A voz dela vacilou. – Você não pode lutar contra tantos, Robert.

– Eu sei.

As palavras eram sons amordaçados na garganta.

Por um momento, ela ficou sobre a cama dele, com um olhar de compaixão verdadeira em seu rosto. Isso tudo é pose, pensou, vindo aqui e sendo tão oficial. Ela está com medo de ser ela mesma. Eu posso entender isso.

Ruth se curvou sobre ele e os lábios frios dela pressionaram os dele.

– Logo você vai estar junto dela – murmurou Ruth.

Então, ela se endireitou, cerrando firmemente os lábios. Abotoou os dois botões de cima da blusa. Por um momento mais longo, ela baixou os olhos em direção a ele. Depois, lançou um olhar para a mão direita dele.

– Tome isso logo – ela murmurou, virando-se rapidamente.

Ele ouviu os passos dela movendo-se por sobre o chão. Então, a porta foi batida e ele ouviu quando ela foi trancada. Fechou os olhos e sentiu lágrimas quentes escapando através das pálpebras. Tchau, Ruth.

Tchau, tchau, todo mundo.

Então, subitamente, ele puxou o ar. Preparando-se, ele se ergueu até se sentar. Recusava-se a se deixar ruir graças à dor ardente que explodia em seu peito. Por um momento, ele quase caiu, mas, recuperando o equilíbrio, tropeçou pelo chão com pernas bambas que ele mal podia sentir.

Inclinou-se contra a janela e olhou para fora.

A rua estava tomada de pessoas. Elas se empurravam e se agitavam à luz acinzentada da manhã, com o som de suas conversas parecendo o zumbido de um milhão de insetos.

Passou o olhar pelas pessoas, com sua mão esquerda agarrando as barras com dedos sem sangue e os olhos queimando de febre.

Então, alguém o viu.

Por um momento, houve um balbuciar crescente de vozes e alguns gritos assustados.

Então, um súbito silêncio, como se um cobertor pesado tivesse caído sobre suas cabeças. Todos eles continuaram olhando para ele com seus rostos alvos. Ele encarou de volta. Naquele momento, pensou: eu sou o anormal aqui. Normalidade era um conceito de maioria, um padrão de muitos e não o padrão de apenas um homem.

Aquela percepção veio abruptamente com o que ele viu em seus rostos – temor, medo, horror recolhido –, e ele sabia que eles *estavam* com medo dele. Para eles, Neville era algum flagelo terrível nunca antes visto, um flagelo ainda pior que a doença com a qual eles agora tinham de conviver. Ele era um espectro invisível que tinha deixado como evidência de sua existência os corpos sem sangue de seus entes queridos. E Neville compreendeu o que eles sentiam e não os odiou. Sua mão direita se fechou sobre o pequeno envelope de pílulas. Contanto que o fim não venha com violência, contanto que ele não tenha de ser uma carnificina diante dos olhos deles...

Robert Neville pousou o olhar sobre as novas pessoas da Terra. Ele sabia que não pertencia a elas; ele sabia que, como os vampiros, ele era anátema e terror negro a ser destruído. E, de repente, a ideia lhe veio, divertida, mesmo em sua dor.

Um riso abafado, acompanhado de uma tosse, preencheu sua garganta. Ele se virou e se inclinou contra a parede enquanto engolia as pílulas. Volta completa, ele pensou enquanto a letargia final rastejava por seus membros. Um novo terror nascido na morte, uma nova superstição entrando na fortaleza inexpugnável da eternidade.

Eu sou a lenda.

APOCALIPSE VAMPIRO: UMA CRÍTICA BIOCULTURAL DE *EU SOU A LENDA*[1]

MATHIAS CLASEN,
PROFESSOR DA UNIVERSIDADE DE AARHUS, DINAMARCA

Tradução: Luara França

Richard Matheson lançou várias e estranhas iscas nas profundezas escuras do grande lago dos mitos norte-americanos – não só como escritor, mas também como roteirista da famosa série televisiva *The Twilight Zone* [no Brasil, *Além da imaginação*]. Publicado em 1954, *Eu sou a lenda*, um romance de ficção científica/terror pós-apocalíptico que se passa em 1976, continua sendo um de seus trabalhos mais famosos.[2] Considerado um marco da ficção gótica moderna, também aparece com frequência em listas de "Melhores livros de terror". Por que esse romance recebe o status de canônico? Ele conta uma história extremamente sombria que parece exprimir ansiedades culturais muito específicas e ultrapassadas. E enquanto profecia, quase não resulta em nada: Matheson descreve um holocausto vampiresco, mas a década de 1970 passou sem que a população vampira sofresse um aumento considerável – exceto na televisão. Então, por que alguém teria vontade de ler essa obra?

O historiador David J. Skal está correto ao afirmar que "as estruturas subjacentes das imagens de terror mudam muito pouco" com o tempo.[3] *Eu sou a lenda* é o produto de um homem problemático durante um período conturbado; ao mesmo tempo intensamente pessoal e muito dependente de ansiedades locais e socio-históricas. Ainda assim, sua história mantém o poder de, em contextos diferentes daquele em que foi produzida, engajar e incomodar.[4] Acredito que uma perspectiva evolucionista ofereça a melhor explicação para a continuidade subjacente das narrativas de terror. Ela também oferece a melhor forma de entender a fascinação que os livros de Matheson ainda exercem em seus leitores. Usando o esquema analítico posto em prática por Joseph Carroll, Brian Boyd e outros críticos evolucionistas, consegui entender mais claramente o romance através da triangulação de medos humanos universais, condições culturais locais e peculiaridades da identidade individual.[5] Considerando a biografia de Matheson, isolo os medos que o afetavam individualmente e os localizo em um contexto mais amplo de Guerra Fria nos Estados Unidos. Por fim, estabeleço o lugar da biografia e do contexto cultural em relação ao contexto maior da evolução da natureza humana. O protagonista de Matheson está preso em um deserto de isolamento e ao mesmo tempo em uma selva predatória, e o enredo e contexto de *Eu sou a lenda* configuram uma forma simbólica convincente para os medos humanos universais.

I

Ficções de tipo especulativo como fantasia, ficção científica e terror sobrenatural normalmente partem de uma premissa radical de "E se...". E se existisse magia? E se os computadores tivessem consciência? E se uma cidade fosse tomada por zumbis comedores de carne? Obviamente, a ficção especulativa não reflete de forma mimética as preocupações diárias da maioria das pessoas.

Por outro lado, a ficção científica parece ser intelectualmente oposta à fantasia e ao terror sobrenatural. Por definição a ficção científica precisa de uma visão científica do mundo, ao passo que fantasia e terror sobrenatural normalmente subvertem ou desafiam tal tipo de visão. Em geral, esses dois gêneros são dedicados a um olhar pré-científico e animista, dominado pela magia, pelos espíritos e por causalidades misteriosas. Mesmo assim, brotam do e até certo ponto satisfazem o mesmo impulso imaginativo: expandir os horizontes de experiência para além do mundano e do real. Por exemplo, *The Magazine of Fantasy and Science Fiction* [Revista de fantasia e ficção científica] tem publicado histórias desses três gêneros desde 1949, aparentemente sem um conflito de interesses com seu público leitor. Da mesma forma, a ficção científica do final do século XIX era chamada de *"scientific romance"* [romance científico] e geralmente vista como mais ligada ao imaginário do *romance* (incluindo o que hoje chamamos de fantasia) do que à mimética *novel.**

A ficção especulativa extrapola o comum, as ansiedades realistas e as fantasias; ou os apresenta como metáfora. A questão mais pertinente é: já que androides não existem, por que alguém se interessaria em saber se eles sonham ou não com ovelhas elétricas? Para responder a esse questionamento, precisamos entender a fonte psicológica do fascínio que os leitores sentem por eles. E para entender o caráter psicológico, precisamos entender o processo evolutivo de adaptação que deu origem à racionalidade humana.[6]

Um aspecto impactante e presumivelmente único da arquitetura mental humana é a cognição desacoplada, nossa capacidade mental de produzir, elaborar e abrigar mundos imaginários.[7] A cognição desacoplada dá origem a uma série de comportamentos imaginativos, desde brincadeiras infantis de faz de conta até narrativas de ficção científica. Talvez

---

* Em inglês, a palavra *romance* caracteriza uma forma antiga de se referir às narrativas que falavam de deuses ou personagens muito influentes na sociedade (reis, rainhas, governantes, sacerdotes etc.). Assim, os *romances* narravam situações extravagantes, heroicas, apaixonadas ou misteriosas. Já a palavra *novel* se refere a um retrato mais realista da sociedade, preocupando-se em narrar costumes e acontecimentos cotidianos. Em português, é comum usar o termo "romance" para se referir aos dois tipos de narrativa. [N. de T.]

não seja surpresa que a seleção natural tenha favorecido a habilidade de construir cenários imaginativos,[8] mas é surpreendente que, partindo do imaginar futuras fontes de alimento e estratégias de caça, tenhamos chegado em imaginar a vida em Marte ou uma invasão zumbi.

Contudo, a mente humana pode produzir uma quantidade literalmente ilimitada de cenários imaginativos, e nem todos têm o poder de fascinar um número expressivo de indivíduos: existe um número limitado de possibilidades (*e se...*) que interessam às pessoas, e o espaço para elas e a viabilidade especulativa de suas narrativas também são limitados. Como pontua Brett Cooke, já que a ficção científica "tão prontamente ultrapassa a experiência humana, ela em geral investiga os limites do interesse humano".[9] Por sua vez, o interesse humano está circunscrito pela nossa herança evolutiva.[10] *Eu sou a lenda* oferece uma explicação especulativa para o que acontece quando necessidades humanas básicas são suprimidas. Matheson retrata a luta de um homem completamente isolado de outros seres humanos e preso em um ambiente ameaçador. Dessa forma, o autor usa um entendimento intuitivo da natureza humana – um tipo de psicologia popular – para tornar sua narrativa verossímil e interessante.

II

A história de *Eu sou a lenda* é relativamente simples. Em 1976, Robert Neville é, ao que parece, o último sobrevivente de uma pandemia vampiresca devastadora que também tirou a vida de sua esposa e de sua filha. Imune ao vírus *vampiris*, e preso dentro da barricada que sua casa em Los Angeles se tornou, Neville passa os dias matando vampiros que repousam e seres humanos infectados em estado comatoso – tudo isso enquanto luta contra solidão e melancolia profundas. A investigação sistemática, embora frequentemente frustrada, do vírus *vampiris* oferece algum propósito à sua vida. Depois de quase três anos de existência totalmente solitária, Neville descobre, como que por milagre, outro sobrevivente: Ruth. Entretanto, ela está infectada com o vírus e foi enviada para espioná-lo. Ruth faz parte de um grupo de pessoas infectadas que conseguiram encontrar uma forma de permanecer vivas e manter o vírus controlado através de alguns medicamentos. Esse povo forma uma nova e brutal sociedade. Por ser o último representante da antiga espécie humana e por ter matado muitas pessoas infectadas, Neville é capturado e condenado à execução pública.

Matheson é frequentemente indicado como o responsável por realizar a transição entre o terror gótico, lovecraftiano, fantástico e exótico para um terror mais moderno e urbano. Pelo menos em partes, é por isso que o crítico de terror Douglas E. Winter diz que Matheson é "talvez o escritor de terror mais influente de sua geração".[11] Migrar do distante para o próximo é, em termos gerais e com diversas especificidades, a trajetória histórica do gênero: das estranhas extravagâncias exóticas de Walpole em seu romance de 1764 *O castelo de Otranto* para conhecidos escritores contemporâneos de terror, como Stephen King, que deixam a imaginação macabra e impressionante vagar pelas ruas principais dos Estados Unidos. Matheson produziu um número expressivo de contos de terror durante a década de 1950, focou-se na produção de roteiros durante os anos 1960, e retornou ao gênero em 1971 com *Hell House* [A casa infernal], para depois distanciar-se do terror.

Quando *Eu sou a lenda* foi publicado, em 1954, o jovem Richard Matheson tinha 28 anos e estava, com alguma dificuldade, começando uma família. Como ele disse em entrevista: "foram anos ruins. Uma de minhas preocupações era a instabilidade financeira. Meu tema durante aqueles anos [o começo da década de 1950] era um homem, isolado e sozinho, sendo bombardeado por todos os lados com tudo o que você possa imaginar" (*FF*, p. 42). Essa angústia, ao lado de um estado constante de paranoia – os filhos de Matheson o chamavam de "Sr. Paranoia" (*FF*, p. 41) –, foi usada por ele, de forma quase terapêutica, ao imaginar seus primeiros romances surpreendentemente perturbadores e claustrofóbicos. Prova disso é o isolamento quase total do epônimo de *The Shrinking Man* (1956), que encolhe quatro milímetros por dia até que finalmente fica preso no porão, incapaz de subir as escadas, e é caçado por uma pequena aranha que paira gigantesca sobre ele. Como disse o próprio autor: "o *leitmotiv* de todo o meu trabalho [...] é o seguinte: *o indivíduo isolado em um mundo ameaçador, tentando sobreviver*".[12]

Esse tipo de causa biográfica pode justificar por que Matheson escolheu o gênero, mas não explica a estrutura mais profunda das histórias de terror que ele produzia – por exemplo, por que sua imaginação agarrou-se a certas imagens (como vampiros) e não a outras diversas alternativas disponíveis. Para entender a estrutura mais profunda da ficção de terror, precisamos entender o passado remoto de nossa própria espécie.

Medo é, provavelmente, a palavra-chave para o trabalho de Matheson, bem como a característica emotiva definidora da ficção de terror. Um fato marcante da angústia humana é que as coisas que tememos não são distribuídas ao acaso: seres humanos sentem medo não só de coisas antigas, mas de coisas que foram consideradas perigosas em nosso passado evolutivo.[13] Isso não significa que nascemos com um sistema pré-programado e imutável de medos. Assim como muitas outras capacidades humanas (como a linguagem), o sistema inato do medo depende da interação com o ambiente para seu desenvolvimento e funcionamento correto. Isso faz sentido em uma perspectiva evolucionista, já que nossos ambientes têm mudado com frequência e rapidez nas últimas dezenas de milhares de anos, em especial por conta da migração humana.[14] Assim, alguns perigos se mantiveram iguais em diversos ambientes, mas outros mudaram. A ameaça de cobras, aranhas e outras criaturas – causas frequentes de fobias – provavelmente constitui uma pressão seletiva constante, ao passo que uma variedade de mamíferos de grande porte caçaram os seres humanos durante nossa evolução. Assim, predadores ferozes com dentes e garras afiados desempenham um papel proeminente na ficção de terror moderna, mesmo que agora, na civilização industrial, eles estejam circunscritos a zoológicos e programas televisivos sobre o reino animal.

O medo abstrato da morte pode ser explicado em contextos específicos e localizados. Em um contexto, ele é o medo de um grande animal carnívoro atacando durante a noite; em outro, o medo de bombas. A resposta adaptativa ao perigo é frequentemente generalizada, e a resposta psicológica é acionada por uma gama de ameaças – das tempestades de raios aos predadores, da escuridão ao isolamento social.[15] *Eu sou a lenda* obviamente extrapola o tipo de angústia que se desenvolve nas sombras do pensamento. O medo de conflitos nucleares e biológicos paira sobre muitos dos trabalhos que Matheson produziu durante a década de 1950. Em *Eu sou a lenda*, Neville e sua esposa participam de um flashback em que se especula sobre uma possível relação entre bombardeios nucleares e o vírus *vampiris*, ou ainda, insetos responsáveis pela propagação da doença (*ESL*, p. 82-83).* Enfim, do que o jovem Richard Matheson tinha medo? Na medida em que *Eu sou a lenda* for uma janela para a psique do escritor,[16] podemos inferir que ele tinha medo de uma guerra nuclear, de predadores e de estar sozinho em um mundo inóspito. O primeiro medo está muito ligado ao contexto

---

* As numerações de página das citações são referentes a esta edição. [N. de E.]

da época, mas os outros dois são comuns a diferentes culturas e períodos.

Em *Eu sou a lenda*, Matheson representa seus medos em uma narrativa emocionalmente saturada. O foco intenso do romance em seu protagonista, Robert Neville, e o uso do discurso indireto livre como uma entrada para seus pensamentos, emoções e conflitos internos contribuem para e facilitam a empatia. Como observa Robert Bloch, "a habilidade de Matheson em criar empatia confere uma força especial ao seu trabalho". Bloch acentua "a própria sensibilidade [de Matheson] aos medos e pensamentos mais íntimos de todos nós"[17] e invoca uma concepção popular da natureza humana que explica a habilidade do autor em engajar seus leitores. Os medos e angústias de Matheson não são tão estranhos e particulares assim, acabando por extrapolar barreiras culturais e históricas.

III

Eu sou a lenda vem sendo analisado por perspectivas ideológicas dispersas, como a de Kathy Davis Patterson. Para esse tipo de crítica, Patterson reduz o romance a significados ocultos e pirotecnias ideológicas. Em seu ensaio, não fica claro o porquê de o romance ter interessado a outros leitores que não ela mesma. *Eu sou a lenda* não é um tratado críptico e ideológico; é uma narrativa, e a crítica literária que perde de vista esse traço tem um poder explicativo muito limitado.

Patterson lê *Eu sou a lenda* como uma tentativa insegura de superar angústias raciais, na qual os vampiros seriam uma representação pouco disfarçada dos afro-americanos. Como ela escreve, o romance "contém em suas entrelinhas um significado racial pungente" que torna "diferenças raciais e vampirismo sinônimos".[18] Para deixar claro, os vampiros são uma metáfora válida para o outro, a mãe, o subalterno, o limítrofe, a pulsão de morte, o desejo da imortalidade, o medo da imortalidade, a imaginação, o falo, a vagina, o capitalismo, a colonização, a sexualidade feminina, a sexualidade amorfa – e provavelmente muitos outros conceitos.

Ainda assim, não devemos perder a perspectiva da presença literal do vampiro: ele é, antes de tudo, um *predador*, um monstro ontológico que demanda não só sangue, mas também a atenção do leitor. Como observa o autor Peter Straub, o personagem padrão das narrativas de terror tem uma característica "metaforicamente suculenta", mas ainda assim *exige* uma interpelação literal.[19] A ideia do vampiro tem um impacto tanto intelectual (enquanto metáfora) como visceral (enquanto predador e ameaça contraintuitiva).

A predação é o tema central na narrativa de terror. Ser ameaçado por forças poderosas, sejam fantasmas, malucos com serras elétricas ou vampiros, é um tema poderoso, provavelmente por conta da pressão seletiva que os predadores há muito exercem na existência humana.[20] Entretanto, *Eu sou a lenda* é um pouco atípica enquanto narrativa de terror, já que empurra o medo do monstro para uma posição secundária. Os vampiros rondam a esmo na periferia, desejando o sangue de Neville, mas o leitor não se sente ameaçado por longas descrições dos monstros. Aprendemos, contudo, que os vampiros são frios, têm presas brancas e mau hálito (*ESL*, p. 66). Eles desempenham um papel central na narrativa, mas dividem o palco com outros personagens, como monstros abstratos.

IV

Estar isolado, sexualmente frustrado e preso são ideias centrais em *Eu sou a lenda*. No início, a frustração sexual está em primeiro plano. Durante a noite, quando os vampiros atacam a casa, Neville se sente especialmente perturbado pelas vampiras: "Eram as mulheres [vampiras] que tornavam isso tão difícil", reflete Neville, "aquelas mulheres, posando como bonecas lascivas pela noite, contando com a possibilidade de que ele as veria e enfim decidiria sair". Ele tenta se desligar do terrível mundo exterior se entregando à literatura e à música, mas todo o "conhecimento naqueles livros não seria capaz de conter as chamas que havia dentro dele; todas as palavras de séculos não poderiam dar cabo do desejo mudo e estúpido em seu corpo" (*ESL*, p. 26). A frustração sexual de Neville é de fato tão poderosa que quase o faz morrer ao se aventurar para fora da casa à noite, durante um acesso de fúria cega.

Basicamente, a necessidade que o protagonista tem de contato humano não é saciada. Quando visita o túmulo de sua esposa, que padeceu com o vírus, ele é dominado pelo desespero: "Eu ainda estou vivo, pensou; o coração está batendo sem sentido, as veias estão correndo sem motivo, os ossos, os músculos e os tecidos estão todos vivos e funcionando sem nenhuma razão de ser" (*ESL*, p. 54). Após cerca de oito meses de solidão, a vida de Neville "ainda era um processo árido e triste" (*ESL*, p. 145), e, mesmo assim, o narrador observa: "A despeito da razão, ele se agarrava à esperança de que, algum dia, iria encontrar alguém como ele – um homem, uma mulher, uma criança, não importava. As questões de sexo estavam rapidamente perdendo o sentido sem o estímulo infinito da hipnose coletiva. Mas solidão ele ainda sentia" (*ESL*, p. 154).

A perda do amor e da companhia são os problemas centrais deste livro. Enquanto Neville vagueia por uma biblioteca vazia, ele imagina uma faxineira limpando o local. "Morrer, pensou, sem nunca conhecer a alegria ardente e o conforto contínuo do abraço da pessoa amada", tudo isso "sem saber o que era amar e ser amada", já era "uma tragédia ainda mais terrível que se tornar um vampiro" (*ESL*, p. 119). Essa necessidade profunda de contato social é exatamente aquilo que os vampiros não podem satisfazer, e o comportamento não social do grupo é um ponto crítico que, acredito, a análise ideológica de Patterson não dá conta de entender. Os vampiros nunca conversam uns com os outros (*ESL*, p. 99). Mais adiante na narrativa, quando pela primeira vez em três anos Neville encontra outro ser humano aparentemente normal, ele primeiro pensa ser uma alucinação: "O homem que morria de sede via miragens de lagos. Por que um homem sedento por companhia não deveria ver uma mulher andando sob o sol?" (*ESL*, p. 184). Em caráter metafórico, Matheson sugere que a necessidade de companhia é tão real, tão fundamental e forte quanto a necessidade de alimento.

Para membros de uma espécie como a nossa, que precisa de uma comunidade, o horror causado pelo isolamento é muito real e racional. O uso do isolamento no sistema judiciário é considerado uma forma extremamente severa de punição. E uma criança humana largada no mundo teria pouquíssimas chances de sobreviver sozinha: na melhor das hipóteses, cresceria com diversos problemas psicológicos, como demonstram os casos de crianças animalescas. Por milhões de anos, uma comunidade de pessoas tem sido crucial para o nicho ecológico de nossa espécie; somos altamente adaptáveis à vida social e dependemos da cultura para nosso desenvolvimento mental.[21] A sociedade é, e tem sido, crucial para o desenvolvimento ontogênico e filogenético da humanidade. Dependemos de outras pessoas não somente para reprodução e sobrevivência, mas para crescimento e realização psicológica e emocional. Esse é o ensinamento popular que reside nas entrelinhas de *Eu sou a lenda*; de forma mais poderosa e imaginativa do que qualquer livro técnico poderia conseguir.

Quando não existem seres humanos por perto, é possível que um cachorro seja suficiente. Neville tenta conquistar um desajeitado cão, gastando uma quantidade excessiva de tempo no esforço para fazer amizade com o animal – afinal, ele poderia ter usado esse tempo para achar a cura para o vírus ou fortalecer sua barricada – e acaba por perdê-lo para a doença. Por um momento, o cachorro salva Neville de um caminho autodestrutivo de alcoolismo e desespero: "Deparar-se com um ser vivo, depois de todo aquele tempo à procura de companhia [...]. Para Robert Neville, aquele cachorro era o pico da evolução do planeta" (*ESL*, p. 144). Pelo menos por um tempo, suas tentativas de conquistar o cachorro eclipsam sua principal *raison d'être*: tentar entender o vírus *vampiris*.

Como todos os outros seres humanos, Neville luta para encontrar sentido no mundo que o cerca, discernir padrões e coletar informações importantes para seu bem-estar.[22] Essa busca por informação, o próprio frenesi da descoberta, é o que movimenta a trama de *Eu sou a lenda* – e, junto com a esperança de encontrar um companheiro, impulsiona Neville pela narrativa. Após uma descoberta em suas pesquisas, ficamos sabendo que "pela primeira vez desde que o cachorro morrera, ele sorriu e sentiu dentro de si uma satisfação tranquila e bem regulada. Ainda havia muitas coisas para aprender, mas não tantas como antes" (*ESL*, p. 177). Aquilo que dá origem aos vampiros não é revelado durante quase toda a obra. Muitos livros são caracterizados por essa busca de conhecimento, uma tentativa de entender algo que permanece desconhecido para o mundo, seja um assassinato ou uma pandemia de vampiros.

A história de *Eu sou a lenda* é pouco provável, mas ainda assim Matheson utiliza seu conhecimento tácito da natureza humana para criar um protagonista psicologicamente verossímil. É impressionante que, em face a ataques ferozes dos mortos-vivos, Neville escute música, pendure obras de arte nas paredes e assista a filmes em seu projetor. Enquanto autor, Matheson indubitavelmente entende, de forma intuitiva, a profunda necessidade psíquica pela arte que todos experimentamos. A arte é uma universalidade humana, essencial para nossa natureza.[23] Depois de um ataque especialmente violento a sua casa, Neville começa por consertar seu gerador, depois de forma significativa pendura um mural na sala e, só quando o trabalho está pronto, senta e escuta Mozart (*ESL*, p. 77).

V

Claro que o paradoxo do isolamento de Neville é o fato de ele não estar sozinho em absoluto. Ao incrementar o universo de *Eu sou a lenda* com vampiros (em vez de, digamos, representar um único homem em um mundo vazio), Matheson é capaz de mostrar o vampiro como uma metáfora para a depravação humana, ao mesmo tempo em que lida com questões sociais contemporâneas muito importantes. Os vampiros são, de uma só vez, sub-humanos e estranhamente normais: assim como Neville, que em diversas ocasiões é comandado por obsessões maníacas (obsessão por companhia, sobrevivência, conhecimento), os vampiros retiram seu impulso de *suas próprias* necessidades básicas ("Sua necessidade era sua única motivação", *ESL*, p. 32). Matheson parece então sugerir que, em alguns aspectos, os vampiros são perigosamente parecidos com seres humanos normais (e vice-versa). Neville chega a pensar, quando está prestes a matar uma vítima do vírus em estado comatoso: "a não ser pelos efeitos de alguma calamidade que ele não entendia completamente, aquelas pessoas eram o mesmo que ele" (*ESL*, p. 57).

Seria razoável entender monstros sub ou para-humanos como expressões da natureza humana: zumbis e ladrões de corpos, por exemplo, são metáforas válidas para hordas humanas irracionais, enquanto os vampiros – figuras extremamente teimosas – possuem uma conotação diferente. O crítico Mark Jancovich, especializado em terror, observa que alguns textos da década de 1950 (*Eu sou a lenda* entre eles) são caracterizados pela "preocupação com a figura do *outsider*, e com a experiência de isolamento, estranhamento e impotência".[24] Como ele pontua, o conceito de "conformidade" além de estar em voga no discurso social da década de 1950 nos Estados Unidos, era também muito ambíguo. A paradoxal ideia de se estar sozinho na multidão combina muito bem com o clima cultural da Guerra Fria. Por meio de flashbacks, temos acesso a pequenas partes da vida normal de Robert Neville antes do vírus: classe média remediada, esposa, filha e emprego na fábrica. Quando a pandemia está em seu momento mais crítico, Neville é arrastado contra sua vontade para dentro de um despertar religioso, em uma cena memorável (a única em que ele interage com mais de uma pessoa): "Estava agora cercado por pessoas, centenas delas, crescendo e se acumulando à sua volta como águas que se aproximam" (*ESL*, p. 171). Esse "tiroteio de adoração frenética" (*ESL*, p. 172) faz Neville entrar em pânico e oferece uma alternativa indesejável à futura sociedade dos vampiros, mais uma vez mostrando que estar isolado não significa somente estar sozinho.

Mesmo o medo da solidão é culturalmente criado. Em *Eu sou a lenda* esse medo encontra vazão no ambivalente retrato que Neville faz dos *outsiders*. A família de Neville é descrita como o ideal possível; sentimentos religiosos causados por condições externas e hordas de vampiros não são alternativas viáveis. Mesmo no fim do livro, quando uma ordem social instável está sendo reconstruída pela nova população de infectados, Neville continua sendo um *outsider*, ao mesmo tempo não conseguindo e não desejando participar desse novo mundo de vampiros. É por conta disso que ele encontra alguma paz na própria morte. Nesse momento, toda esperança está perdida: Neville está machucado e aprisionado, e sua execução frente a um grupo aterrorizado está agendada. Essas pessoas veem Neville como "um espectro invisível que tinha deixado como evidência de sua existência os corpos sem sangue de seus entes queridos" (*ESL*, p. 257). Neville é o último homem, e a ideia de um verdadeiro companheiro está fora de seu alcance: "Robert Neville pousou o olhar sobre as novas pessoas da Terra. Ele sabia que não pertencia a elas; ele sabia que, como os vampiros, ele era anátema e terror negro a ser destruído". É nesse momento que Neville toma o comprimido que o matará, e estas são as últimas palavras do livro: "Volta completa, ele pensou enquanto a letargia final rastejava por seus membros. Um novo terror nascido na morte, uma nova superstição entrando na fortaleza inexpugnável da eternidade. Eu sou a lenda" (*ESL*, p. 257).

Ainda que a narrativa de *Eu sou a lenda* percorra uma trajetória de desespero e morte, o final do livro é curiosamente otimista. A tensão narrativa, que nasce da frustração do personagem com suas necessidades de adaptação, se junta a uma pequena embora perene esperança de que ele acabará encontrando satisfação e realização, e finalmente desaparece. As últimas frases oferecem ao leitor a emoção do reconhecimento: é aqui que, por fim, o enigmático título do livro é explicado. Finalmente vemos Neville em paz consigo mesmo e com o mundo, até mesmo elevado ao status de lenda. Como observa Brett Cooke, de acordo com Richard Dawkins, as pessoas podem deixar dois tipos de herança: genes ou ideias. Cooke estudou várias narrativas de ficção científica e descobriu que, até quando a extinção da humanidade é iminente, os personagens tentam deixar uma herança de sua cultura, suas ideias. Como diz Cooke, "a imortalidade de nossas ideias é, com frequência, suficiente para nós. Pode ser tudo o que nós temos".[25] E, no fim, isso é tudo o que Robert Neville tem.

VI

Eu sou a lenda é o produto de uma mente artística e irrequieta que trabalha em um contexto cultural angustiante. Entretanto, é também uma abordagem mais leve de um antigo arquétipo, o vampiro (o leitor é até confrontado com a leitura intermitente que Neville faz de *Drácula*, de Bram Stoker). Matheson se esforça muito para racionalizar ou naturalizar o mito do vampiro, transplantando o monstro do além-mundo folclórico e do sobrenatural vitoriano para o tubo de ensaio médico, um modelo racional. Com *Eu sou a lenda*, Matheson institui a teoria do germe para explicar os vampiros, uma nova abordagem para o antigo arquétipo que tem, desde então, sido usada por outros escritores (como Dan Simmons em *Children of the Night* [Criaturas da noite], de 1992). O próprio Neville se transforma em um cientista amador, conduzindo experimentos em vampiros, estudando livros de biologia e usando um microscópio para isolar o bacilo vampiro. Assim, *Eu sou a lenda* dá novo ânimo ao terror e à ficção científica ao fornecer uma validação cognitiva para o *novum** paradigmático da narrativa,[26] os vampiros.

Como o historiador Paul Barber argumentou de forma contundente, o vampiro moderno origina-se de uma explicação pré-científica para doenças infecciosas. Antes da teoria dos germes, o vampiro

---

* *Novum* é um termo criado pelo estudioso Darko Suvin para descrever as inovações científicas plausíveis presentes na ficção científica. [N. de T.]

era uma explicação – boa como qualquer outra – para a disseminação de uma doença letal (como a tuberculose). Quando os habitantes das vilas exumavam o corpo da primeira vítima da doença e encontravam um cadáver inchado, vermelho e com sangue fresco na boca, não era absurdo presumir que o corpo fosse a origem da doença. Quando a ação subsequente de enfiar uma estaca no cadáver produzia um longo gemido do "vampiro", o caso estava encerrado. Obviamente, esses estranhos fenômenos possuíam uma explicação racional: cadáveres incham e sangram em decorrência da decomposição, e a perfuração por uma estaca pode fazer com que gases até então presos no corpo saiam pela laringe, ocasionando um som parecido com um gemido.[27] Um entendimento limitado do processo natural de decomposição, alinhado à tendência humana de atribuir intenções ao inexplicável, é a provável origem da figura do vampiro.

O aspecto contagioso do vampirismo permanece como característica fundamental do arquétipo. Por exemplo, o conde Drácula de Bram Stoker, 1897, não ameaça matar suas vítimas, mas infectá-las. É por isso que Drácula vai a Londres com seus "abundantes milhões": para "criar um novo e sempre crescente círculo de semidemônios".[28] O velho conde é, essencialmente, o portador de uma doença e por isso pode provocar no leitor uma sensação de repugnância – evolutivamente originária da necessidade de evitar o patógeno; o que certamente acontece com os personagens de *Drácula*.[29] Na verdade, uma das características mais inquietantes e dramaticamente eficazes dos monstros de terror tradicionais (vampiros, lobisomens e zumbis) é o seu caráter contagioso. Os personagens lutam contra bestas ferozes, mas também contra germes monstruosos. Entretanto, em *Eu sou a lenda*, esse aspecto é de alguma forma suavizado pelo impacto emocional que a narrativa exerce no leitor; não compartilhamos o medo sentido por um personagem que corre risco iminente de contágio, já que Neville é imune ao vírus *vampiris*. Mas o leitor não é imune, e enquanto os vampiros são incômodos para Neville, que tem problemas maiores com que se preocupar (ou seja, sua busca por companhia e conhecimento), o leitor provavelmente sente repulsa pelos vis e agressivos bebedores de sangue que carregam a doença.

Enquanto Matheson poderia ter optado por uma abordagem naturalista dos temas presentes em *Eu sou a lenda*, ele escolhe investir de pretextos especulativos a história do último homem vivo. Possivelmente porque a mente de Matheson era atraída pelo excepcional, pelo contraempírico, pelo sobrenatural (em seus últimos anos, Matheson chegou a escrever diversos textos metafísicos e parapsicológicos de não ficção); e também porque o vampiro é uma imagem poderosa que parece sempre interessar leitores e escritores. O vampiro tem se adaptado de forma hábil e requintada às ecologias culturais em constante transformação através dos séculos, mas sem perder sua natureza essencialmente predatória e sua condição de morto-vivo – uma violação biológica. Os vampiros extremamente atraentes de *Crepúsculo* e *True Blood* estão muito distantes dos repulsivos e folclóricos bebedores de sangue, mas talvez não tão distantes de seus ancestrais românticos que são certamente loucos, maus e capazes de fazer o mal, mas também perigosamente atraentes e persuasivos em um nível que lembra as obras de Byron. E ainda é possível discutir se essa é a característica mais fascinante do arquétipo: vampiros são, por definição, interessantes. Eles contradizem nossas expectativas intuitivas para agentes biológicos, e desafiam a distinção taxonômica entre seres humanos e animais. Todos os vampiros exigem a nossa atenção.

Para Matheson, atrair o interesse do leitor é extremamente importante. Como ele declarou em uma entrevista: "Quando fui para a faculdade e fiz cursos de escrita criativa, eles sempre falavam sobre a diferença entre o escritor *pulp*, o escritor esperto e o escritor de arte. Acabei percebendo que isso é ridículo. Tudo o que existe são histórias interessantes ou histórias chatas, não importa onde elas são impressas".[30] Em um ensaio sobre ficção especulativa e ficção científica, Matheson explica como tais gêneros permitem que o autor "escreva uma história que efetivamente diga alguma coisa sobre pessoas que efetivamente significam alguma coisa". Ele escreve: "Já fiz histórias de ficção científica sobre adultério e gravidez, sobre sexo, velhice, vício em drogas e extrema frustração. Já fiz histórias contra a guerra, histórias contra o preconceito racial, histórias com observações sociais e até mesmo arranhei um pouco na metafísica. Isso não é um autoelogio, mas um elogio à ficção científica. Ela não só me deu a possibilidade de escrever essas histórias, como também me levou a inserir algo interessante que elas não teriam se fossem escritas em outro gênero".[31]

Como mais tarde observou o crítico e escritor de ficção científica Thomas M. Disch, "uma teoria pode ser subvertida, mas um mito convence de forma visceral".[32] Com *Eu sou a lenda*, Richard Matheson se vale do poder do mito para explicitar sua mensagem angustiante; e pode ser por isso que sua história transcende o local e o tempo em que foi produzida. Uma narrativa é, por definição natural, mais atraente que qualquer texto teórico.[33]

VII

Como escreve Joseph Carroll, a "característica definidora da literatura é a possibilidade de criar uma organização imaginativa que permita a realização de simulações de experiências".[34] Esse é o poder intrínseco do ato de contar histórias, de narrar: permitir que leitores (ou ouvintes, ou telespectadores) mergulhem, por um período de tempo, em um mundo carregado de emoção, onde realidades imaginadas pelo narrador podem caminhar junto com fantasmas e vampiros. John Tooby e Leda Cosmides dizem que a "ficção desencadeia reações a vidas e realidades possíveis, capacitando-nos para sentirmos a possibilidade plena e adaptativa de entender coisas que não vivemos".[35] Essa observação pode ser estendida a vidas e realidades que não parecem possíveis, vidas e realidades que nunca poderiam acontecer, ou que têm pouquíssima chance de acontecer – como uma pandemia mundial de vampiros. Mas o contador de histórias raramente se preocupa com probabilidades estatísticas: o que importa é que seus ouvintes permanecem interessados pelo tempo que durar a história. As narrativas realmente boas, as que continuam a ser contadas, são aquelas que ressoam algo da natureza humana. Matheson, ao descrever a cada minuto e com precisão as ações, pensamentos e emoções de Robert Neville, permite que os leitores interajam com sua história e imaginem o que significa estar sozinho em um mundo hostil. Desse modo, o autor reafirma o valor da sociedade, ao mesmo tempo em que assinala sua ambivalência em relação ao outro (como companheiro em potencial *e* ameaça em potencial) e também em relação a sua própria cultura de conformidade, na qual o individualista – personagem frequente das narrativas de Matheson – nunca sente como se realmente pertencesse ao lugar.

Com sua "nova" forma de terror doméstico, Matheson parece ter acertado um ponto nevrálgico do delírio febril da imaginação norte-americana da Guerra Fria. Suas histórias da metade do século XX evidenciam o seu entendimento solidário das angústias culturais proeminentes e difundidas de seu tempo, mas o fato de elas continuarem a ser lidas é uma evidência de seu entendimento profundo da natureza humana.

NOTAS ORIGINAIS DO AUTOR

1. Publicado originalmente em *Philosophy and Literature* 34, 2010. pp. 313-328.
2. Daqui para a frente referido como *ESL*.
3. SKAL, David J. *The Monster Show*. Nova York: Faber and Faber, 2001. p. 23.
4. Esse livro já foi traduzido para diversas línguas (incluindo italiano, norueguês, japonês, servo-croata e espanhol), já foi adaptado três vezes para o cinema (em 1964 como *The Last Man on Earth* [*Mortos que matam*], em 1971 como *The Omega Man* [*A última esperança da Terra*] e em 2007 como *I Am Legend* [*Eu sou a lenda*]) e, curiosamente, em 2009 falei sobre ele a uma turma de alunos dinamarqueses que se envolveu com entusiasmo e atenção ao conteúdo. Ainda como exemplo do viés pop-canônico do romance, ele está sendo, enquanto escrevo, parodiado como *I Am Virgin* [*Eu sou virgem*] (2010), um filme sobre ser virgem em um mundo habitado por vampiros loucos e sensuais.
5. Cf. CARROLL, Joseph. The Cuckoo's History: Human Nature in *Wuthering Heights*. *Philosophy and Literature* 32, 2008. pp. 241-257; CARROLL, Joseph. The Human Revolution and the Adaptive Function of Literature. *Philosophy and Literature* 30, 2006. pp. 33-49; BOYD, Brian. *On the Origin of Stories: Evolution, Cognition, and Fiction*. Cambridge: Harvard University Press, 2009; DUNCAN, Charles. Darkly Darwinian Parables: Ian Mcewan and The Comfort of Strangers. *Evolutionary Review: Art, Science, Culture* 1, 2010. pp. 120-124; e EASTERLIN, Nancy. Hans Christian Andersen's Fish Out of Water. *Philosophy and Literature* 25, 2001. pp. 251-277.
6. TOOBY, John; COSMIDES, Leda. The Past Explains the Present: Emotional Adaptations and the Structure of Ancestral Environments. *Ethology and Sociobiology* 11, 1990. pp. 375–424.
7. Cf. TOOBY, John; COSMIDES, Leda. Consider the Source: The Evolution of Adaptations for Decoupling and Metarepresentation. In: SPERBER, Dan (ed.). *Metarepresentations: A Multidisciplinary Perspective*. Nova York: Oxford University Press, 2000. pp. 53-115.
8. MITHEN, Steven. *The Prehistory of Mind: A Search for the Origins of Art, Religion and Science*. Nova York: Thames and Hudson, 1996.

9   COOKE, Brett. Biopoetics: The New Synthesis. In: COOKE, Brett; TURNER, Frederick (ed.). *Biopoetics: Evolutionary Explorations in the Arts.* Lexington, Kentucky: iCus, 1999. p. 18.

10 COOKE, Brett. On The Evolution of Interest: Cases in Serpent Art. In: ROSEN, David H.; LUEBBERT, Michael C. (ed.). *Evolution of the Psyche.* Westport: Praeger, 1999. pp. 150-168.

11 WINTER, Douglas E. *Faces of Fear: Encounters with the Creators of Modern Horror.* Londres: Pan Books, 1990. p. 38. Referido também por FF.

12 MATHESON, Richard. Dream/Press introduction 1989. In: WIATER, Stanley (ed.). *Richard Matheson: Collected Stories*, v. 1. Colorado Springs: Gauntlet Press, 2003. p. 7.

13 MARKS, Isaac M.; NESSE, Randolph M. Fear and Fitness: An Evolutionary Analysis of Anxiety Disorders. *Ethology and Sociobiology* 15, 1994. pp. 247-261.

14 WADE, Nicholas. *Before the Dawn: Recovering the Lost History of Our Ancestors.* Londres: Duckworth, 2007.

15 MARKS; NESSE. "Fear and Fitness". p. 251.

16 Como ele mesmo sugere em MATHESON, "Dream/Press introduction 1989".

17 Citado em WIATER, Stanley (ed.). *Richard Matheson's Twilight Zone Scripts.* Abingdon, Maryland: Cemetery Dance Publications, 1998. p. 12.

18 PATTERSON, Kathy Davis. Echoes of Dracula: Racial Politics and the Failure of Segregated Spaces in Richard Matheson's *I Am Legend*. *Journal of Dracula Studies* 7, 2005. pp. 19, 21.

19 STRAUB, Peter. Horror's House. *LOCUS* 507, 2003. p. 66.

20 SALER, Benson; ZIEGLER, Charles A. Dracula and Carmilla: Monsters and the Mind. *Philosophy and Literature* 29, 2005. pp. 218-227. CLASEN, Mathias. The Horror! The Horror! *Evolutionary Review* 1, 2010. pp. 112-119.

21 RICHERSON, Peter J.; BOYD, Robert. *Not by Genes Alone: How Culture Transformed Human Evolution.* Chicago: University of Chicago Press, 2005.

22 Cf. BOYD, Brian. *On the Origin of Stories.*

23 Cf, por exemplo, DISSANAYAKE, Ellen. *Homo Aestheticus: Where Art Comes From and Why.* Seattle: University of Washington Press, 1995.

24 JANCOVICH, Mark. *Rational Fears: American Horror in the 1950s.* Manchester: Manchester University Press, 1996. p. 82.

25 COOKE, Brett. The Biopoetics of Immortality: a Darwinist Perspective on Science Fiction. In: SLUSSER, George; WESTFAHL, Gary;

RABKIN, Eric S. (ed.). *Immortal Engines: Life Extension and Immortality in Science Fiction and Fantasy*. Atenas: University of Georgia Press, 1996. p. 100.

26 SUVIN, Darko. On the Poetics of the Science Fiction Genre. *College English 3*, 1972. pp. 372-382.

27 BARBER, Paul. *Vampires, Burial, and Death: Folklore and Reality*. New Haven: Yale University Press, 1988.

28 STOKER, Bram. *Dracula*. Nova York: W. W. Norton, 1997. pp. 53-54. [Tradução livre.]

29 STOKER. *Dracula*. pp. 24; 53; 221; 251.

30 MCGILLIGAN, Pat. Richard Matheson: Storyteller. In: *Backstory 3: Interviews with Screenwriters of the 1960s*. Berkeley: University of California Press, 1997. p. 237.

31 MATHESON, Richard. SF Unlimited. In: RATHBUN, Mark; FLANAGAN, Graeme (ed.). *Richard Matheson: He Is Legend*. Manuka, Austrália: Rathbun/Flanagan, 1984. p. 19.

32 DISCH, Thomas M. *The Dreams Our Stuff Is Made Of: How Science Fiction Conquered the World*. Nova York: Free Press, 1998. p. 62.

33 Ver também CLASEN, Mathias. The Semantic Apocalypse: Bakker's Neuropath and the Evolutionary Imagination. *Evolutionary Review* 2, 2011.

34 CARROLL. The Human Revolution and the Adaptive Function of Literature. p. 44.

35 TOOBY, John; COSMIDES, Leda. Does Beauty Build Adapted Minds? Toward an Evolutionary Theory of Aesthetics, Fiction, and the Arts. *SubStance* 30, 2001, p. 23.

UMA CONVERSA COM RICHARD MATHESON, AUTOR DE *EU SOU A LENDA*

ENTREVISTA CONCEDIDA À TOR/FORGE (MACMILLAN PUBLISHERS), PUBLICADA NA NEWSLETTER DE DEZEMBRO DE 2007.[*]

"Talvez agora que cheguei a meus oitenta anos, as pessoas venham a me descobrir..."

Tor/Forge: De onde veio a ideia para *Eu sou a lenda*?

Richard Matheson: Quando eu era adolescente, assisti a *Dracula*[**] de Bela Lugosi. Me ocorreu então que, se um só vampiro já era assustador, mais assustador ainda seria se o mundo inteiro estivesse tomado por vampiros e restasse apenas uma última pessoa normal.

---

[*] Fonte: http://us.macmillan.com/author/richardmatheson

[**] *Drácula*, no Brasil.

TF: Você gosta da atuação de Will Smith como Robert Neville [no filme *I am legend*,* lançado também em 2007]?

RM: Eu gosto muito dele. Sempre apreciei suas atuações. Recebi um livro com as artes do filme e vi fotografias de [Will Smith como] Neville, e ele realmente parece ter mergulhado no papel.

TF: O que você acha das versões anteriores de *Eu sou a lenda*: *The last man on Earth* [1964], com Vincent Price, e *The Omega man* [1971],*** com Charlton Heston?**

RM: O filme com Vincent Price é mais próximo do enredo do livro, mas não o aprecio muito. Escrevi uma boa quantidade de roteiros para Vincent, e ele foi maravilhoso em todos eles, mas acredito que sua escalação para *Eu sou a lenda* tenha sido um equívoco. E o filme foi todo feito na Itália... Não é tão ruim quanto eu lembrava, revi o filme recentemente. Mas ele certamente não captou muito bem o livro. Não gostei do filme com Heston. Ele é tão distante do livro, mas não chegou a me incomodar.

TF: Por que você acha que *Eu sou a lenda* continuou tão popular, mesmo depois de mais de cinquenta anos?

---

*   *Eu sou a lenda*, no Brasil.

** *Mortos que matam*, no Brasil.

*** *A última esperança da Terra*, no Brasil.

RM: Aparentemente, esse é o livro mais popular que já escrevi. Eu o escrevi há mais de cinquenta anos, e ele ainda vende. Eu imaginava ter apenas uma pequena legião de fãs... Acho que tenho um bocado.

TF: De fato: segundo Stephen King, você foi uma das principais influências dele como escritor.
RM: Sim, Stephen King disse que *Eu sou a lenda* foi uma de suas maiores influências. O livro o levou a pensar da maneira como ele pensa: por exemplo, minha ideia de que vampiros poderiam usar freezers de supermercado, em vez de se enterrarem no cemitério. Isso poderia acontecer em sua própria vizinhança.

TF: Você se vê como um escritor de horror?
RM: Eu odeio essa palavra [horror]. Eu prefiro pensar em mim mesmo como um escritor não convencional. Escrevi cinco ou seis faroestes, um romance de guerra e uma história de amor (*Somewhere in time**). Acredito que possam me considerar um escritor de fantasia não convencional. Eu escrevo, sim, histórias assustadoras, mas eu penso mais em "terror", não em "horror". Eu sou um "aterrorizador" da vizinhança. Sou incapaz de – ou não quero nem tentar – escrever um livro como *O senhor dos anéis* ou *Harry Potter* ou algo ambientado em um mundo completamente diferente. Eu simplesmente não me interesso por um lugar que não pareça real.

---

* Livro adaptado ao cinema em 1980, lançado no Brasil com o título de *Em algum lugar do passado*.

TF: Como foi sua pesquisa para a ciência usada no livro? Você tinha experiência nessa área?

RM: Não, eu não tenho experiência na ciência. Eu fiz a pesquisa e pedi a um médico que a verificasse, e tudo acaba sendo científico, em uma perspectiva biológica. É um romance de vampiros, apenas a minha "explicação científica para os vampiros". Para mim, *Eu sou a lenda* é a única obra de ficção científica que escrevi na vida.

TF: Você já assistiu ao filme [de 2007]?

RM: Não, eu ainda não vi o filme. Mas acho que farão um bom trabalho. O produtor-roteirista[*] e o diretor[**] são bastante talentosos, e Will Smith é bastante talentoso. Pelo que já vi, eles vêm fazendo um trabalho extraordinário.

TF: Você estará na estreia do filme? Participará de algum evento relacionado?

RM: Acredito que vá participar da estreia na Califórnia. Espero também estar em uma noite de autógrafos na Dark Delicacies, em Burbank [marcada para o dia 2 de dezembro daquele ano, às 14h30]. As pessoas geralmente aparecem com uma carga enorme de meus livros para que eu possa autografá-los, mas eu estarei assinando a edição de *Eu sou a lenda* lançada especialmente para o filme, e apenas um livro por pessoa. Se quiserem mais, terão de entrar no final da fila e começar tudo de novo.

---

[*] O roteiro é assinado por Mark Protosevich e Akiva Goldsman.

[**] Francis Lawrence.

TF: Muitos de seus livros e suas histórias foram adaptados para o cinema. Quais são seus favoritos?

RM: *Somewhere in time*. Acho que esse é meu livro mais bem escrito. *What dreams may come*[*] [1998] também não é nada mau.

TF: Você tem algum projeto novo em andamento?

RM: Há uma nova versão cinematográfica de minha história *Button, Button* sendo produzida.[**] Deve ser bem emocionante. *Somewhere in time* está prestes a se tornar um musical na Broadway. Ken Davenport é o produtor, e ele me escreveu para dizer que estava pensando em usar algumas de minhas principais ideias para o show. Escrevi uma música para ele, para ser usada no espetáculo. Tive aulas [de música] na faculdade, mas, ainda que nunca tenha entendido muito de harmonia, sou capaz de montar um arranjo para piano, de ouvido. Escrevi muitas músicas anos atrás. Eu não sei se isso é sempre verdade, mas parece que os autores têm mais poder/influência sobre suas histórias quando são adaptadas para o teatro que quando são feitas versões para o cinema – ainda que o pessoal do filme esteja sendo muito gentil comigo e eu esteja feliz em ser considerado em *Eu sou a lenda*.

---

[*] *Amor além da vida*, no Brasil.

[**] O filme foi lançado em 2009, com o título de *A caixa* no Brasil.

TIPOLOGIA:
ITC Galliard [texto]
Druk [entretítulos]

PAPEL:
Pólen Soft 80 g/m² [miolo]
Supremo 250 g/m² [capa]

IMPRESSÃO:
Rettec Artes Gráficas [outubro de 2021]

1ª EDIÇÃO:
setembro de 2015 [8 reimpressões]